Eugène Labiche

L'Affaire de la rue de Lourcine

Dossier et notes réalisés par
Olivier Bara

Lecture d'image par
Sophie Barthélémy

folioplus
classiques

Olivier Bara est agrégé de Lettres modernes et docteur en Études théâtrales. Il est maître de conférences à l'université Lyon-2 et membre de l'Unité mixte de recherche « LIRE » (CNRS-Lyon-2). Ses travaux concernent le théâtre et l'opéra au XIXe siècle, ainsi que les relations entre littérature, spectacle et musique. Pour Gallimard, il a réalisé des éditions du *Père Goriot* de Balzac (La bibliothèque Gallimard n° 59) et de *Lorenzaccio* de Musset (Folioplus classiques n° 8).

Sophie Barthélémy a été conservateur du Patrimoine au musée des Beaux-Arts de Quimper de 1991 à 2000. Elle est depuis janvier 2001 en poste au musée des Beaux-Arts de Dijon, en charge des collections de peintures du XIXe siècle et de l'art contemporain. Responsable du service éducatif du musée des Beaux-Arts de Quimper et référent scientifique pour l'action culturelle du département des publics au musée de Dijon, elle a dispensé de nombreuses formations d'histoire de l'art à destination du corps enseignant et participé à la conception ainsi qu'à l'écriture de plusieurs publications pédagogiques.

Couverture : Jean Béraud, *Le Boulevard Montmartre, devant le Théâtre des Variétés, la nuit*, vers 1883. Musée Carnavalet, Paris. Photo © Bridgeman Giraudon.

Sommaire

L'Affaire de la rue de Lourcine

Comédie en un acte mêlée de couplets

par MM. E. Labiche, A. Monnier et É. Martin

représentée pour la première fois, à Paris,
sur le Théâtre du Palais-Royal, le 26 mars 1857

PERSONNAGES

PERSONNAGES	ACTEURS qui ont créé les rôles.
LENGLUMÉ, *rentier*	MM. ARNAL.
MISTINGUE	HYACINTHE.
POTARD, *cousin de Lenglumé*	PELLERIN.
JUSTIN, *domestique de Lenglumé*	OCTAVE.
NORINE, *femme de Lenglumé*	Mme THIERRET.

La scène est à Paris, chez Lenglumé.

Le théâtre représente la chambre à coucher de Lenglumé. Au fond, lit fermé par des rideaux; lavabo, avec ses ustensiles. Cheminée, à gauche, deuxième plan; porte au fond, à la droite du lit; porte à la gauche du lit. Portes au premier et au deuxième plan de droite; chaises, fauteuils, etc.

Scène I

JUSTIN, puis NORINE

Au lever du rideau, le lit est fermé par les rideaux.

JUSTIN, *entrant à pas de loup*: Monsieur dort encore… ne le réveillons pas. *(Regardant la pendule.)* Neuf heures!… Il est flâneur, Monsieur… *(Il éternue.)* Cré rhume!… ça me tient dans le cerveau!

NORINE, *entrant sur la pointe des pieds. Elle tient un pot de tabac et deux bouteilles*: Eh bien, est-il réveillé?

JUSTIN: Pas encore… Il est si flâneur, Monsieur!

NORINE: Hein?… Je vous prie de parler avec plus de respect…

JUSTIN: Oh! pardon!… Faut-il le prévenir que Madame est là?

NORINE: Gardez-vous-en bien!… C'est aujourd'hui

sa fête, à ce pauvre ami… et je veux lui faire une surprise… un pot de tabac, garni de maryland[1].

Elle le pose sur la cheminée.

JUSTIN, *à part*: Mâtin!… du maryland!… Je m'en offrirai une pipe.

NORINE: Plus, ces deux bouteilles de genièvre[2]… sa liqueur favorite.

JUSTIN, *à part*: Je m'en offrirai aussi une pipe. *(Haut, s'oubliant.)* C'est bien… posez ça là!

NORINE: Comment! posez çà là!

JUSTIN: Oh! pardon!

NORINE: Je veux, au contraire, les porter dans le petit salon… De cette façon, il aura une surprise… en partie double, ce cher ange!

JUSTIN, *à part*: Que cette femme est romanesque pour son embonpoint[3].

NORINE, *prête à sortir*: Ah! Justin, on a collé hier du papier dans le cabinet de Monsieur… vous y allumerez un réchaud pour le faire sécher.

JUSTIN: Oui, madame.

NORINE: Vous chercherez aussi le parapluie que j'ai emprunté au cousin Potard… un parapluie vert… avec une tête de singe… Sa bonne est là qui l'attend.

---

1. Tabac réputé pour sa douceur, provenant du Maryland, aux États-Unis.
2. Eau-de-vie de grains dans la préparation de laquelle entraient à l'origine des baies de genièvre.
3. L'actrice qui créa le rôle de Norine, Mme Thierret, avait fondé son succès sur sa corpulence. Un poème de l'époque la décrivit: «large, carrée et fournie en moustaches» (Charles Legrand).

JUSTIN : Madame, faut que je brosse les habits.

NORINE : Plus tard.

JUSTIN : Cependant...

NORINE : Vous raisonnez toujours !... Je vous intime l'ordre de chercher ce parapluie... c'est clair !

Elle entre à gauche avec ses deux bouteilles.

JUSTIN, *seul, s'adressant à la porte* : Zut !... zut !... zut !... Elle m'embête avec son parapluie ! Prenons toujours les hardes[1] de Monsieur pour les brosser !... *(Prenant des vêtements sur une chaise.)* Voilà son habit, son gilet, ses bottes... Tiens ! elles sont crottées !... c'est curieux, ça !... Monsieur qui n'est pas sorti hier... il est allé se coucher à cinq heures, en se plaignant d'un fort mal de tête... Mais je ne vois pas son pantalon !... où est donc le pantalon ?... *(Il trébuche contre une seconde paire de bottes.)* Hein !... encore des bottes !... crottées !... ah ! c'est curieux, ça ! *(Apercevant d'autres vêtements sur une chaise.)* Et un second habit... et un regilet[2] !... et pas le moindre pantalon !... Est-ce que, les jours de migraine, M. Lenglumé s'habillerait en Écossais ?... Il y a quelque chose... *(Il éternue.)* Cré rhume !... J'ai oublié mon mouchoir !... Que je suis bête !...

Il prend un mouchoir dans une des redingotes qu'il porte, et se mouche très fort à plusieurs reprises.

---

1. Ensemble de vêtements, sans nuance péjorative ici.
2. Sans doute un néologisme pour désigner un second gilet.

LENGLUMÉ, *qui se réveille, dans l'alcôve*: Qui est-ce qui sonne du cor ?...

JUSTIN : Oh ! j'ai réveillé Monsieur !

Il se sauve vivement par la droite, troisième plan.

Scène 2

LENGLUMÉ, *seul, passant sa tête entre les rideaux.*

Personne !... Tiens, il fait grand jour !... *(Il se glisse en bas de son lit. Les rideaux se referment derrière lui. Il a son pantalon.)* Où est donc mon pantalon ?... *(Le regardant.)* Tiens ! je suis dedans !... Voilà qui est particulier !... je me suis couché avec... Ah ! je me rappelle... *(Avec mystère.)* Chut ! madame Lenglumé n'est pas là... Hier, j'ai fait mes farces... Sapristi, que j'ai soif ! *(Il prend une carafe d'eau sur la cheminée, et boit à même.)* Je suis allé au banquet annuel de l'institution Labadens [1], dont je fus un des élèves les plus... médiocres... Ma femme s'y opposait... alors, j'ai prétexté une migraine ; j'ai fait semblant de me coucher... et v'lan ! j'ai filé chez Véfour [2]... Ah ! c'était

---

1. Institution scolaire imaginaire (Labiche a été élève de la pension Labbé à Paris). Dans la suite de la pièce, Labiche transforme ce nom propre en nom commun et crée par antonomase un substantif : « un labadens ». Ce néologisme est entré dans l'usage pour désigner un camarade de collège ou de pension.

2. Le Grand Véfour est depuis 1820 un des restaurants parisiens les plus célèbres de Paris, situé dans les jardins du Palais-Royal.

très bien… on nous a servi des garçons à la vanille[1]… avec des cravates blanches… et puis du madère[2], du champagne, du pommard[3] !… Pristi, que j'ai soif !… *(Il boit à même la carafe.)* Je crois que je me suis un peu… pochardé !… Moi, un homme rangé !… J'avais à ma droite un notaire… pas drôle ! et à ma gauche, un petit fabricant de biberons, qui nous en a chanté une passablement… darbo[4] ! ah ! vraiment, c'était un peu… c'était trop… Faudra que je la lui demande… Par exemple, mes idées s'embrouillent complètement à partir de la salade ! *(Par réflexion.)* Ai-je mangé de la salade ?… Voyons donc ?… Non !… Il y a une lacune dans mon existence ! Ah çà ! comment diable suis-je revenu ici ?… J'ai un vague souvenir d'avoir été me promener du côté de l'Odéon[5]… et je demeure rue de Provence[6] !… Était-ce bien l'Odéon ?… Impossible de me rappeler !… Ma lacune ! toujours ma lacune !… *(Prenant sa montre sur la cheminée.)* Neuf heures et demie !… *(Il la met dans son gousset.)* Dépêchons-nous de nous habiller. *(On entend ronfler derrière les rideaux.)* Hein !… On a ronflé dans mon alcôve ! *(Nouveaux ronflements.)* Nom d'un petit bon-

1. Il faut sans doute comprendre : sentant la vanille (utilisée alors en parfumerie).
2. Vin liquoreux produit sur l'île de Madère.
3. Célèbre vin rouge de Bourgogne.
4. D'après le contexte, et selon la seconde occurrence du terme à la fin de la scène 18, le mot désigne une chanson grivoise.
5. Quartier de la rive gauche de la Seine, fréquenté par les étudiants. Le théâtre de l'Odéon était le second Théâtre Français.
6. Sur la rive droite, elle borde les quartiers huppés de la Madeleine et de la Chaussée-d'Antin.

homme ! j'ai ramené quelqu'un sans m'en apercevoir !... De quel sexe encore ?...

Il se dirige vivement vers le lit. Norine paraît.

Scène 3

LENGLUMÉ, NORINE

NORINE : Enfin, tu es levé !

LENGLUMÉ, *à part* : Ma femme !

NORINE : Eh bien, tu ne m'embrasses pas ?

LENGLUMÉ : Chut ! *(À part.)* Elle va le réveiller !

NORINE : Quoi ?

LENGLUMÉ : Rien !... Allons faire un tour sur le boulevard [1].

NORINE : Le boulevard ! Tu n'es seulement pas habillé... Cette figure bouleversée... est-ce que tu serais malade ?

LENGLUMÉ : Oui... je t'avoue que...

NORINE, *vivement* : Recouche-toi. *(Appelant.)* Justin !

LENGLUMÉ : Chut !... plus bas !...

NORINE : Je vais refaire ton lit.

Elle se dirige vers l'alcôve.

1. Le boulevard des Italiens, tout près de la rue de Provence, haut lieu de la sociabilité parisienne. Dans la topographie symbolique convoquée par la pièce, le boulevard signifie le luxe et la modernité que menace encore le vieux Paris, celui de la rue de Lourcine par exemple.

LENGLUMÉ, *la retenant*: Non!... ça va bien... ça va mieux... c'était une crampe... Allons faire un tour sur le boulevard.

NORINE, *à part*: Qu'est-ce qu'il a?... *(Haut.)* À propos! tu n'as pas vu le parapluie du cousin Potard... surmonté d'une tête de singe?...

LENGLUMÉ: Le parapluie?... non. *(À part, se souvenant.)* Ah! bigre! je l'ai emporté hier au banquet Labadens!... il sera resté dans ma lacune... près de l'Odéon...

NORINE, *trouvant à terre un tour de cheveux*[1]: Qu'est-ce que c'est que ça?

LENGLUMÉ: Quoi?

NORINE: Un tour de cheveux blonds!... Palsambleu! monsieur!...

LENGLUMÉ, *à part*: Un tour!... Mais alors... *(Regardant l'alcôve.)* C'est une femme! j'ai ramené une femme!...

NORINE: Parlez, monsieur!...

LENGLUMÉ, *vivement*: C'est pour toi... un cadeau...

NORINE: Mais j'ai des cheveux!

LENGLUMÉ: Oui... mais ils tomberont... c'est pour l'avenir!...

On entend ronfler dans l'alcôve.

NORINE: Hein!... quel est ce bruit?

LENGLUMÉ, *à part*: Nom d'une trompe! *(Haut.)* C'est

---

1. Faux cheveux bouclés attachés par un cordon autour de la tête et destinés à cacher des cheveux trop courts ou absents. Clin d'œil à la pièce de Labiche donnée un an avant au Palais-Royal, *Les Cheveux de ma femme.*

moi, c'est ma crampe... *(Ronflant.)* Cran!... cran!... ça vient de l'estomac!...

NORINE : Voyons, dépêche-toi de t'habiller... c'est aujourd'hui le baptême du petit Potard... nous sommes parrain et marraine.

Nouveaux ronflements.

LENGLUMÉ, *il tape dans ses mains. À part* : On dit que ça les fait taire...

NORINE : Qu'est-ce tu fais là ?

LENGLUMÉ : J'applaudis... Tu me dis : « Nous sommes parrain et marraine », et je réponds : « Bravo ! bravo ! »

NORINE : En vérité, je ne sais ce que tu as aujourd'hui... Je vais achever de m'habiller!... Nous déjeunerons dans un quart d'heure.

Elle sort par la gauche, deuxième plan.

Scène 4

LENGLUMÉ, MISTINGUE

LENGLUMÉ, *courant ouvrir les rideaux* : Madame!... Mademoiselle!... sortez!...

MISTINGUE, *se réveillant* : Hein!... heu!...

Il a le nez très rouge [1].

---

1. L'acteur qui créa le rôle de Mistingue, Hyacinthe, était doté d'un nez pyramidal devenu proverbial.

LENGLUMÉ : Un homme !

MISTINGUE, *se mettant sur son séant* : Qu'est-ce que vous demandez, monsieur ?

LENGLUMÉ : Comment, ce que je demande ?... Que faites-vous là... dans mon lit ?...

MISTINGUE : Votre lit ?... *(Regardant autour de lui.)* Tiens !... où suis-je donc ici ?

LENGLUMÉ : Chez moi, monsieur ! rue de Provence.

MISTINGUE, *sautant vivement à bas du lit. Il a un pantalon* : Rue de Provence ?... et moi qui demeure près de l'Odéon !

LENGLUMÉ : Voyons, parlez !

MISTINGUE : De quel droit, monsieur, me retenez-vous prisonnier ?

LENGLUMÉ : Ah ! je trouve ça joli, par exemple !

MISTINGUE : J'espère que vous allez m'expliquer comment je me trouve dans vos oreillers ?... Je ne vous connais pas, moi !

LENGLUMÉ : Ni moi non plus ! *(À part.)* D'où tombe-t-il, cet animal-là ?

MISTINGUE : Sapristi, que j'ai soif !

Il va à la carafe et boit à même.

LENGLUMÉ : Eh bien, monsieur !... ne vous gênez pas !... *(Tout à coup.)* Ah ! quelle idée !... Pardon, jeune homme... n'auriez-vous pas banqueté hier chez Véfour ?

MISTINGUE : Oui... Qu'est-ce que ça vous fait ?

LENGLUMÉ : Alors, vous êtes un labadens... Moi aussi !

MISTINGUE : Ah bah !

LENGLUMÉ : Deux labadens !... tout s'explique ! Lenglumé !... Oscar Lenglumé !

MISTINGUE : Ah oui, une grosse bête !

LENGLUMÉ : C'est çà !... il me reconnaît !

MISTINGUE : Et moi, Mistingue !

LENGLUMÉ : Ah ! très bien : un piocheur[1] !... Il me semble que j'y suis encore : premier prix de vers latins, l'élève Mistingue, né à Chablis[2]...

MISTINGUE : C'est pourtant vrai !... Est-on bête quand on est jeune !

LENGLUMÉ, *à part* : Un prix de vers latins !... Il doit être dans une très bonne position, ce gaillard-là.

MISTINGUE, *à part* : Il est crânement meublé !

LENGLUMÉ, *lui tendant la main* : Comment te portes-tu ?

MISTINGUE : Pas mal. Et toi ?

LENGLUMÉ : Ce brave Mistingue !

MISTINGUE : Ce brave Lenglumé !

LENGLUMÉ, *à part* : C'est singulier comme il a le nez rouge !

MISTINGUE, *de même* : Vrai, je ne le reconnais pas du tout !

LENGLUMÉ : Ce brave Mistingue !

MISTINGUE : Ce brave Lenglumé !

LENGLUMÉ, *à part* : C'est drôle, quand on ne s'est pas vu depuis vingt-sept ans et demi... on n'a presque rien à se dire. *(Haut.)* Ce brave Mistingue !

---

1. Étudiant travailleur, bûcheur (familier). En jargon de théâtre, c'est le collaborateur d'un auteur, chargé de la rédaction du dialogue à partir du plan de la pièce.

2. Ville de l'Yonne réputée pour ses vins blancs secs.

MISTINGUE : Ce brave Lenglumé !

LENGLUMÉ : Mais explique-moi comment tu te trouves dans mon alcôve ?

MISTINGUE : Ça... je n'en sais rien... je ne te cacherai pas qu'à partir du turbot, j'étais dans les brindezingues[1]...

LENGLUMÉ : Moi, ça ne m'a pris qu'à la salade.

MISTINGUE : Qu'avons-nous fait pendant ce laps ?

LENGLUMÉ : On ne le saura jamais. Tout ce que je sais, c'est que j'ai perdu mon parapluie... surmonté d'une tête de singe...

MISTINGUE, *gaiement* : Comme moi, mon mouchoir... Nous avons peut-être commis des atrocités !

LENGLUMÉ : Moi, d'abord, j'ai le vin tendre... j'ai le falerne[2] tendre !... comme dit Horace... Horatius !...

MISTINGUE : Coclès...

LENGLUMÉ : Non... Flaccus[3] ! Tu dois connaître çà, un prix de vers latins !

MISTINGUE : Faiblement !... faiblement !...

LENGLUMÉ : Sapristi ! que j'ai soif !...

Il prend la carafe et boit à même.

MISTINGUE : Dis donc, après toi la carafe.

---

1. Locution populaire signifiant avoir une pointe de vin, être légèrement ivre.

2. Vin des environs de Falerne, en Campanie (Italie), célébré dans l'Antiquité par le poète latin Horace.

3. Quintus Horatius Flaccus est le poète latin Horace (65-8 avant notre ère), auteur de l'impératif épicurien *Carpe diem.* Il ne saurait être confondu avec Publius Horatius Cocles, héros romain légendaire qui aurait arrêté seul la marche sur Rome de l'ennemi étrusque en 507 av. J.-C.

Lenglumé la lui repasse ; il boit à son tour.

LENGLUMÉ : Ah çà ! j'espère que nous ne nous quitterons pas comme ça ? Deux labadens !… Tu déjeunes avec moi ?

MISTINGUE : Ça va !

LENGLUMÉ : Où ai-je mis la clef de la cave ? *(Il fouille à sa poche et en retire une poignée de noyaux.)* Tiens ! qu'est-ce que c'est que ça ? des noyaux de cerises !

MISTINGUE, *même jeu* : Et moi, des noyaux de prunes !

LENGLUMÉ : D'où vient cette plantation ?

MISTINGUE : Ça m'intrigue ! *(Avec philosophie.)* Après ça, qui est-ce qui n'a pas son petit noyau ici-bas ?

LENGLUMÉ, *lui tendant la main, Mistingue y dépose ses noyaux.* : Merci de cette bonne parole ! *(À part.)* Comme il a le nez rouge !

Scène 5

LES MÊMES, JUSTIN,
rapportant les redingotes
et les paires de bottes.

JUSTIN, *à part, apercevant Mistingue* : Tiens, Monsieur qui est deux ! *(Haut.)* Monsieur !…

LENGLUMÉ : Que veux-tu ?

JUSTIN : Je rapporte vos habits…

MISTINGUE, *à part* : Il a un joli domestique !

JUSTIN : Et les deux paires de bottes... *(À part.)* Par où est-il entré, celui-là ?

LENGLUMÉ : Tu mettras trois couverts... j'ai un ami à déjeuner... Dépêche-toi.

JUSTIN : Tout de suite, monsieur. *(À part.)* Par où diable est il entré ?

Scène 6

LES MÊMES, *moins* JUSTIN

Tous deux s'asseyent et mettent leurs bottes.

LENGLUMÉ : Dis donc, je vais te présenter à ma femme... mais ne lui parle pas du banquet Labadens.

MISTINGUE : Sois tranquille ! *(À part, entrant ses bottes.)* Mâtin ! elles sont justes !... c'est l'humidité !

LENGLUMÉ, *à part* : On dirait que mes bottes se sont élargies... c'est l'humidité !... *(Haut, tout en s'habillant.)* Ah çà ! tu dois être dans une jolie position, toi ? un prix de vers latins ?

MISTINGUE, *s'habillant* : Oui... je n'ai pas à me plaindre... je suis chef...

LENGLUMÉ : De division ?

MISTINGUE : Non !...

LENGLUMÉ : De bataillon ?

MISTINGUE : Non, je suis chef...

LENGLUMÉ : Chef d'une nombreuse famille ?

MISTINGUE : Non, chef de cuisine.

LENGLUMÉ : Hein !... cuisinier ?

MISTINGUE : Prête-moi des rasoirs... je vais me faire la barbe.

LENGLUMÉ : Ah ! non... merci !... Ils sont cassés ! *(À part.)* Cuisinier ! Je suis fâché de l'avoir invité !

MISTINGUE : Ah çà ! dépêchons-nous de déjeuner, car, ce soir, je quitte la France.

LENGLUMÉ : Comment ?

MISTINGUE : Je vais dans le duché de Brunswick[1].

LENGLUMÉ : Ah ! te posséder si peu !...

MISTINGUE : Une place superbe !... Quatre mille balles !... et le beurre !

LENGLUMÉ, *à part* : Ah ! qu'il est commun !... Si je pouvais le faire manger à la cuisine !

MISTINGUE, *examinant ses mains qui sont toutes noires* : Ah ! voilà qui est particulier !

LENGLUMÉ : Parbleu ! un cuisinier !

MISTINGUE, *apercevant les mains de Lenglumé, qui sont noires aussi* : Tiens !...

LENGLUMÉ : Les miennes aussi !... D'où diable cela peut-il venir ? *(Fouillant à sa poche et en tirant un morceau de charbon.)* Du charbon !... Tout à l'heure, c'étaient des noyaux !...

MISTINGUE, *tirant aussi un morceau de charbon de sa poche* : Moi aussi ! moi aussi !

LENGLUMÉ : Ah çà ! est-ce que nous aurions fraternisé cette nuit avec des charbonniers ?

MISTINGUE : Fouchtra de la Catarina[2] !

---

1. Ancien État de Basse-Saxe, qui appartenait alors à la Confédération germanique.

2. Juron en patois auvergnat approximatif. Les charbonniers

Scène 7

LES MÊMES, NORINE,
puis JUSTIN

NORINE: Eh bien, es-tu prêt? *(Apercevant Mistingue et bas.)* Quel est ce monsieur?

LENGLUMÉ: C'est... c'est un notaire!

MISTINGUE, *bas à Lenglumé*: Superbe femme!... Présente-moi.

LENGLUMÉ: Oui... Ma bonne amie... je te présente... l'élève Mistingue... né à Chablis...

MISTINGUE: Et chef...

LENGLUMÉ, *vivement*: D'une nombreuse famille. *(Bas.)* Tais-toi donc!

NORINE, *saluant*: Monsieur...

MISTINGUE, *de même*: Madame...

JUSTIN, *apportant la table*: Le déjeuner est servi!

MISTINGUE: Allons, à table! à table!...

NORINE, *à part*: Comment, à table?... *(Bas à son mari.)* Est-ce que tu l'as invité?

LENGLUMÉ, *bas*: Que veux-tu!... c'est un labadens!... un ami intime!... Tu prendras garde à l'argenterie!

NORINE: Comment, à l'argenterie?...

LENGLUMÉ: À table! à table!

---

de Paris étaient souvent originaires de l'Auvergne. Dans *Le Misanthrope et l'Auvergnat* de Labiche (1852), semblables jurons («fichtra de la Catarina») scandent le dialogue.

AIR de *l'Ouragan* [1].

ENSEMBLE

À table ! à table vite !
Ce repas
Aux mets délicats,
En vérité { m' / l' } excite.
L'appétit
Vaut mieux que l'esprit !

NORINE, *à part :* Comme c'est agréable !... Recevoir un jour de baptême !

MISTINGUE, *mangeant :* Voilà une sauce complètement ratée !

NORINE : Hein ?

MISTINGUE : Ce n'est pas pour me vanter ; mais, quand je m'y mets...

LENGLUMÉ, *bas :* Mais tais-toi donc ! *(Haut à sa femme.)* T'en offrirai-je, ma louloute ?

NORINE, *sèchement :* Merci ! puisque la sauce est mauvaise !

MISTINGUE : Moi, je fais revenir mes oignons... j'ajoute un verre de vin blanc, et je tourne, je tourne... pour que ça mijote.

NORINE, *à part :* Quel drôle de notaire !... *(Haut.)* Justin... donnez-moi le journal.

JUSTIN, *à part :* Saprelotte !... je l'ai prêté à la cuisinière du premier, pour lire son feuilleton !...

---

1. Vaudeville en trois actes des frères Cogniard (théâtre des Folies-Dramatiques, 24 avril 1840). Nous n'avons pu identifier l'air original.

MISTINGUE: Vous ne mangez pas, madame Louloute?

NORINE, *furieuse:* Il m'appelle Louloute!

LENGLUMÉ: C'est un lapsus... Un peu d'omelette?

NORINE: Je n'ai pas faim.

JUSTIN, *prenant un journal qui enveloppe le pot à tabac:* En voilà un vieux... 1837[1]... Après ça, elle ne lit que les chiens écrasés, ça n'a pas de date.

NORINE: Eh bien... ce journal?...

JUSTIN: Voici, madame.

LENGLUMÉ, *à Mistingue qui se verse du vin:* Voulez-vous de l'eau?

MISTINGUE: Jamais!... je suis au régime.

LENGLUMÉ, *à part:* Ceci m'explique son nez.

Justin prend un plat et sort.

NORINE, *qui a parcouru le journal:* Ah! mon Dieu! quel épouvantable événement!

MISTINGUE et LENGLUMÉ: Quoi donc?

NORINE, *lisant:* «Ce matin, rue de Lourcine[2], le

---

1. Pour la bourgeoisie du théâtre du Palais-Royal, éprise de progrès, cet écart de vingt années est signifiant : la date renvoie à la monarchie de Juillet et aux troubles sociaux des années 1830, avant que l'«ordre» ne règne sous Napoléon III. 1837 est aussi l'année des débuts de Labiche au théâtre.

2. Aujourd'hui disparue, cette rue suivait partiellement le tracé de l'actuelle rue Broca, dans les Ve et XIIIe arrondissements. Ouverte au XIIe siècle, la rue de Lourcine (ou l'Oursine, étymologiquement *locus cinerum,* lieu des cendres) accueillait le couvent des Cordelières, transformé en 1836 en hôpital de Lourcine, spécialisé dans les affections syphilitiques des femmes. Au moment où le baron Haussmann entreprend la démolition des vieux quartiers parisiens, le nom de cette rue évoque pour les spectateurs de la pièce un Paris ténébreux et inquiétant.

cadavre d'une jeune charbonnière a été trouvé horriblement mutilé... »

LENGLUMÉ : C'est affreux !... Je reprendrai de l'omelette !

MISTINGUE : Moi aussi !

NORINE, *continuant :* « On suppose que les assassins étaient au nombre de deux... »

LENGLUMÉ : Deux contre une femme ! les lâches !... Elle est un peu salée.

MISTINGUE : Trop !

NORINE, *continuant :* « La justice est sur la trace des coupables, grâce à deux pièces de conviction... »

LENGLUMÉ : Bravo ! c'est bien fait !

NORINE, *continuant :* « ... Un parapluie vert, surmonté d'une tête de singe... »

LENGLUMÉ et MISTINGUE : Hein ?...

NORINE : Juste comme celui du cousin Potard.

LENGLUMÉ, *à part* : Ah ! mon Dieu !

NORINE : Et un mouchoir marqué : J.M.

MISTINGUE : Ma marque ! Mes cheveux se dressent !

NORINE, *reprenant sa lecture :* « ... que les deux bandits, qui étaient en état d'ivresse... »

LENGLUMÉ, *à part* : C'est bien ça !

NORINE, *achevant :* « ... ont oublié près d'un sac à charbon que portait la victime. »

LENGLUMÉ : Du charbon ! *(Lenglumé et Mistingue regardent leurs mains noires et poussent un cri.)* Ah !

NORINE : Qu'avez-vous donc ?

LENGLUMÉ et MISTINGUE, *cachant vivement leurs mains sous la table :* Rien !... rien !...

NORINE, *à Mistingue :* Une côtelette, monsieur ?

MISTINGUE : Merci !... merci !... je n'ai plus faim !

NORINE : Et toi, mon ami ?

LENGLUMÉ : Moi non plus !

NORINE, *à Justin qui vient de rentrer :* Justin ! servez le dessert !

MISTINGUE : Je n'en prendrai pas !

LENGLUMÉ : Nous n'en prendrons pas.

NORINE : Alors, le café !... les liqueurs !...

Justin sort.

MISTINGUE : Mille grâces !... j'ai fini !...

LENGLUMÉ : Nous avons fini !

NORINE, *tendant son verre* : Eh bien, donne-moi à boire.

LENGLUMÉ, *les mains sous la table* : Non !... j'ai ma crampe !...

Norine tend son verre à Mistingue.

MISTINGUE, *de même* : Moi aussi... j'ai sa crampe !

NORINE, *à part* : Pourquoi diable mettent-ils leurs mains sous la table ?

JUSTIN, *rentrant et posant sur la table un plateau contenant le café et les liqueurs :* Madame, M. Potard est dans le petit salon.

NORINE, *se levant* : Mon cousin !... le père de notre filleul... J'y vais.

CHŒUR

AIR : *Dans notre noble Venise* [1]

Quelle drôle d'aventure !
Je fais } bien triste figure.
Il fait }
Si j'en sors blanc, je le jure,
Je serai } guéri,
Il sera }
Ravi !

Norine sort suivie de Justin, qui a porté la table à droite.

Scène 8

LENGLUMÉ, MISTINGUE

LENGLUMÉ, *montrant ses mains* : Eh bien, Mistingue ?
MISTINGUE, *de même* : Eh bien, Lenglumé ?
LENGLUMÉ : Plus de doute !... c'est nous qui avons fait le coup !
MISTINGUE : Je n'osais pas te le dire !...
LENGLUMÉ : C'est horrible !
MISTINGUE : Moi qui ai le vin si gai !
LENGLUMÉ, *poétiquement* : Pauvre charbonnière !... moissonnée à la fleur de l'âge !
MISTINGUE : À coups de parapluie !... Dis donc : il faudrait peut-être nous laver les mains.

---

1. Nous n'avons pu identifier cet air.

LENGLUMÉ, *à part* : Il est canaille... mais plein de présence d'esprit ! *(Haut.)* Vite ! de l'eau !

MISTINGUE : Une brosse ! du savon !...

Ils courent au lavabo, qu'ils apportent sur le devant de la scène et s'y lavent les mains.

ENSEMBLE

AIR : Finale du premier acte de *Renaudin de Caen*[1] (Doche)

Lavons nos mains,
Et soyons bien certains
D'enlever tout indice.
Ne tremblons plus, car la justice
Par ce moyen ne saura rien !
Tout ira bien *(bis)*.
Par ce moyen,
La justice
Ne saura rien !

MISTINGUE

Si nous voulons passer pour gens honnêtes,
C'est beaucoup d'avoir les mains nettes !

LENGLUMÉ

Oui, mais, réponds, ta conscience, hélas !
Est-ce toi qui la laveras !

---

1. Comédie-vaudeville en deux actes de Duvert et Lauzanne, créée par l'acteur Arnal (théâtre du Vaudeville, 24 mars 1836). Pierre-Alexandre-Joseph Doche était directeur de l'orchestre et compositeur du théâtre du Vaudeville. Nous reproduisons cet air p. 84.

MISTINGUE

Ah ! pour cela, point d'embarras,
La conscience, ami, ça n' se voit pas !

LENGLUMÉ

Il a raison, ça n' se voit pas !
Mais, parle bas !
Du silence !
De la prudence !

ENSEMBLE

De la prudence !
Lavons nos mains,
Etc.

Scène 9

LES MÊMES, NORINE, POTARD

NORINE, *à la cantonade* : Entrez, cousin… *(Apercevant son mari et Mistingue qui se lavent les mains avec acharnement.)* Eh bien, qu'est-ce que vous faites donc là ?

LENGLUMÉ, *très ému* : Tu vois… nous nous… nous nous…

MISTINGUE : Lavons les mains.

LENGLUMÉ, *reportant le lavabo* : Elles n'étaient pas noires !

MISTINGUE : Au contraire.

LENGLUMÉ : C'est pour nous distraire... entre labadens !... on fait la partie[1] de se laver...

NORINE, *à part* : Quelles singulières figures !...

POTARD : Je vous dérange, cousin ?

LENGLUMÉ : Du tout !

POTARD : À propos ! Et mon parapluie ?

LENGLUMÉ, *bondissant* : Sapristi !

MISTINGUE, *bas* : Tenez-vous donc !

NORINE : Je n'y comprends rien... impossible de le retrouver.

POTARD : Ah ! il ne peut pas se perdre ; mon nom est gravé sur le manche, avec mon adresse.

LENGLUMÉ, *bas, défaillant* : Je suis perdu !... il dira qu'il me l'a prêté !

MISTINGUE, *bas* : Tenez-vous donc !

NORINE : Tu es sorti hier au soir, mon ami ?

LENGLUMÉ : Jamais !... jamais !... j'invoque un alibi !

MISTINGUE, *vivement* : Nous étions à Vaugirard[2].

NORINE, *à part* : Vaugirard ? un alibi ?... qu'est-ce qu'ils ont ? *(Haut.)* Cependant tes bottes étaient crottées !

POTARD : Et je vous ai rencontrés, mes gaillards !

LENGLUMÉ, *bas* : Un témoin à charge !

MISTINGUE, *à part* : Sapristi !

NORINE : Rencontrés !... Et où cela, S.V.P. ?

POTARD : Mais dans un endroit...

MISTINGUE, *l'interrompant vivement* : C'est faux !

---

1. On s'amuse ensemble.

2. La rue de Vaugirard borde le jardin du Luxembourg et le quartier de l'Odéon avant de fuir vers l'ouest de Paris (loin de la rue de Lourcine !).

LENGLUMÉ : Nous tournions le dos à la rue de Lourcine.

POTARD : Qui vous parle de la rue de Lourcine ?... J'ai rencontré ces messieurs au théâtre de l'Odéon.

LENGLUMÉ et MISTINGUE : Hein ?...

POTARD : Et je ne les ai pas quittés de la soirée.

LENGLUMÉ : Pas quittés !

MISTINGUE : De la soirée ! *(Tous deux dansent en chantant.)* Tra la la la !

NORINE, *à part* : Mon mari devient fou ! *(Criant.)* Lenglumé ! Lenglumé !... mais habille-toi donc pour le baptême !

LENGLUMÉ, *avec exaltation* : Oh ! oui ? je veux sortir ! je veux respirer la brise ! je veux baptiser le petit Potard !... et regarder en face toute la gendarmerie française !...

Il embrasse sa femme.

NORINE : Mais finis donc ! tu me chiffonnes !... Venez, cousin, laissons-le s'habiller... je vous montrerai la robe de baptême pour votre petit garçon. *(À son mari.)* Dépêche-toi !

Elle entre à gauche, deuxième plan. Potard reste au fond.

LENGLUMÉ, *bas* : Il était inutile de nous laver les mains.

MISTINGUE, *bas* : Ah ben ! c'est fait, à présent !

LENGLUMÉ : L'Odéon !

MISTINGUE : L'Odéon !

Ils s'embrassent.

POTARD, *descendant* : Mais c'est une craque[1] !... Vous savez bien qu'en été il est fermé, l'Odéon.

LENGLUMÉ et MISTINGUE, *terrifiés* : Hein ?... fermé ?...

POTARD : Devant votre femme, je n'ai pas voulu dire ce que je savais...

LENGLUMÉ : Quoi ?

MISTINGUE : Que savez-vous ?

NORINE, *dans la coulisse* : Venez donc, cousin !

POTARD : Voilà ! voilà ! *(Avant de sortir.)* Ah ! vous êtes deux fiers scélérats !

Il entre au deuxième plan, à gauche.

Scène 10

LENGLUMÉ, MISTINGUE

MISTINGUE : Deux scélérats !

LENGLUMÉ : Il sait tout !... ces émotions me disloquent !

MISTINGUE : Moi, je ruisselle !

Il va à la table et se verse un grand verre de curaçao[2].

---

1. Mensonge (populaire). « Le crime vous fait marcher de craque en craque » déclare un personnage dans *Un garçon de chez Véry* de Labiche (scène 3).

2. Liqueur à base d'oranges de l'île de Curaçao, dans les Antilles néerlandaises.

LENGLUMÉ : Qu'est-ce que tu fais là ?

MISTINGUE, *buvant* : Je ne sais pas, mais, quand j'ai du tintouin[1], je m'étourdis !...

LENGLUMÉ : Allons ! donne-moi un verre d'eau rougie... ça m'étourdira peut-être aussi...

MISTINGUE, *lui versant un plein verre de curaçao* : Avale-moi ça... c'est un velours.

LENGLUMÉ, *vidant le verre d'un trait* : Mais c'est du curaçao !

MISTINGUE : De Hollande !

LENGLUMÉ : C'est doux... ah ! ça fait du bien !

MISTINGUE : Ça donne du ton.

Ils fouillent dans leurs poches pour en tirer leurs mouchoirs. Lenglumé amène un bonnet de femme, et Mistingue un soulier.

LENGLUMÉ : Hein !... un bonnet de femme à présent !

MISTINGUE : Un soulier !

LENGLUMÉ : Les dépouilles de notre victime !... il paraît que nous l'avons décoiffée !

MISTINGUE : Et déchaussée !

LENGLUMÉ : Moi, un homme rangé !... Comment faire disparaître ces traces ?... Ah ! dans ce pot à tabac !

MISTINGUE : As-tu un puits dans ta maison *(Il heurte une chaise.)* Aïe !

LENGLUMÉ, *effrayé* : Les gendarmes !

---

1. De l'inquiétude, des soucis (familier).

Il fourre le bonnet dans le pot à tabac.

MISTINGUE : Non… je me suis cogné.

LENGLUMÉ : Dieu ! que j'ai eu peur !

MISTINGUE : Mais ce soulier ?

LENGLUMÉ : Fais-le disparaître !… mange-le !… n'hésite pas !

MISTINGUE, *faisant mine de l'avaler, et s'arrêtant* : Non… je vais le réduire en cendres… Où y a-t-il du feu ?

LENGLUMÉ, *indiquant la gauche, premier plan* : Là, dans cette chambre. *(Apercevant ses mains qui sont redevenues noires.)* Ah !

MISTINGUE, *bondissant* : Les gendarmes !

LENGLUMÉ : Non !… toujours ce charbon qui reparaît… comme la tache de sang de Macbeth[1] !…

MISTINGUE, *montrant ses mains* : Les miennes aussi !

LENGLUMÉ : Ah ! je ne veux plus tuer de charbonnière, c'est trop salissant !

MISTINGUE : Vite de l'eau !

LENGLUMÉ : Une brosse !… du savon !

Ils courent au lavabo, le rapportent et se lavent les mains en reprenant la seconde partie de l'air précédent.

---

1. Allusion à la scène 1 de l'acte V du *Macbeth* de Shakespeare : dans une crise de somnambulisme, la criminelle Lady Macbeth frotte désespérément sa main sur laquelle elle croit voir des taches de sang. Voir « Groupement de textes », p. 117.

Lavons nos mains,
Etc.

Scène 11

LES MÊMES, NORINE

NORINE : Eh bien ! es-tu prêt ? *(Les apercevant.)* Comment ! encore !

MISTINGUE, *ahuri* : On n'entre pas !...

NORINE : Ah çà ! tu te laveras donc les mains toute la journée ?

Mistingue reporte le lavabo au fond, à droite.

LENGLUMÉ : C'est aujourd'hui ma fête, et alors...

NORINE : Ta fête ! tu ne m'as seulement pas remerciée de ma surprise.

LENGLUMÉ : Quelle surprise ?

NORINE : Ce pot de tabac, comment le trouves-tu ?

Elle se dispose à l'ouvrir.

LENGLUMÉ, *à part* : Le bonnet ! *(Haut.)* Ne touche pas !

MISTINGUE, *la retenant* : Ne touchez pas !

NORINE : Pourquoi ça ?

LENGLUMÉ : Parce que ça pourrait s'éventer.

MISTINGUE : Le tabac... c'est comme l'éther !

NORINE, *à part :* Oh ! il y a quelque chose ! *(Haut.)* Encore une fois, dépêche-toi, on va nous attendre !

LENGLUMÉ : Je vais chercher mon chapeau. *(À part.)*

Je cours à la préfecture demander un passeport... et, dans un quart d'heure, je serai en Amérique.

ENSEMBLE

AIR : *La cloche nous appelle* [1]

NORINE

Quel singulier langage !
Qu'il est extravagant !...
J'en saurai davantage
Dans un autre moment.

LENGLUMÉ ET MISTINGUE

Ah ! reprenons courage
Et fuyons l'ouragan !
Fallût-il, à la nage,
Traverser l'Océan !

MISTINGUE, *à part.*

La frayeur qui m'inspire
Agite tout mon corps ;
Je m'en vais faire cuire
Le soulier du remords [2] !

REPRISE ENSEMBLE

LENGLUMÉ ET MISTINGUE

Ah ! reprenons courage,
Etc.

---

1. *Incipit* de l'air de Charles Plantade, sur des paroles de Frédéric de Courcy, intitulé « Le mariage à minuit ». Nous reproduisons cet air p. 84.
2. L'expression parodie le style ampoulé et amphigourique propre au mélodrame.

NORINE
Quel singulier langage,
Etc., etc.

Lenglumé sort par le fond. Mistingue entre par la gauche, premier plan.

Scène 12

NORINE, *puis* POTARD

NORINE, *seule* : Bien sûr, il y a quelque chose... cette figure renversée... quand j'ai voulu ouvrir ce pot de tabac... qu'est-ce que ça peut être ?...

Elle s'en approche.

POTARD, *entrant* : Oh ! ma cousine, c'est trop !... Vous avez fait des folies.

NORINE, *s'éloignant du pot à tabac sans l'avoir ouvert* : Quoi donc ?

POTARD : Une robe brodée... et deux petits bonnets !...

NORINE : Ne parlons pas de ça... N'êtes-vous pas notre seul parent du côté des Frottemouillard ?

POTARD : C'est vrai... Vous êtes si bonne pour moi... Cela m'encourage, cousine, j'ai une demande à vous faire.

NORINE : À moi ?

POTARD : C'est-à-dire à votre mari.

NORINE : Voyons !

POTARD : C'est que... c'est une demande d'argent.

NORINE : Eh bien qu'est-ce que ça fait ?

POTARD : Pendant sa grossesse, ma femme a eu des envies ruineuses... elle ne voulait manger que du melon et des fraises...

NORINE : Moi, j'avalais des boîtes de sardines.

POTARD : J'aurais préféré des sardines, parce que les melons et les fraises... au mois de janvier... ça coûte cher !... mais j'avais peur que le petit n'en fût marqué[1].

NORINE : Mon filleul marqué d'un melon, quelle horreur !

POTARD : Bref ! je dois quinze cents francs à un marchand de comestibles qui me poursuit !

NORINE : Eh bien, il faut les payer... nous sommes riches.

POTARD : Ah ! cousine !

NORINE : À qui prêterons-nous notre argent, si ce n'est à vous, notre seul parent du côté des Frottemouillard ?

POTARD : Que de bontés ! je n'ai jamais douté de vous... mais...

NORINE : Quoi ?

POTARD : C'est votre mari... Il est un peu dur à la détente, le père Longlumé.

---

1. Marqué par une tache de naissance sur la peau. Un « melon », en argot de l'époque, est un sot ou un idiot.

LENGLUMÉ, *dans la coulisse:* Je n'y suis pour personne!

NORINE: Le voici! il faut lui parler; je vous soutiendrai.

Scène 13

LES MÊMES, LENGLUMÉ

LENGLUMÉ, *entrant très agité, à part*: C'est aujourd'hui dimanche... la préfecture est fermée... et pas de passeport... malédiction!

NORINE: Mon ami!...

LENGLUMÉ, *à part:* Ma femme!... prenons une figure de jubilation. *(Haut.)* Je suis très gai!... *(Avec mauvaise humeur.)* Ah! je suis très gai!

NORINE: Tant mieux! C'est le cousin Potard... qui aurait une petite confidence à te faire.

LENGLUMÉ, *à part:* Le cousin Potard!... mon témoin à charge! *(Haut.)* En effet... je crois que nous avons à causer seul à seul... Laisse-nous, ma bonne amie.

NORINE: Mais...

LENGLUMÉ: Laisse-nous.

NORINE: Je m'en vais! *(Bas à Potard.)* Allez... du courage!

CHŒUR

AIR du *Palais de Chrysocale* (Mangeant)[1]

Il faut qu'on s'explique,
C'est trop hésiter.
Soyons / Soyez } énergique,
Osons / Osez } l'affronter !

Norine sort par le fond.

Scène 14

LENGLUMÉ, POTARD

LENGLUMÉ : Nous sommes seuls... parle bas !...

POTARD : Ah !... il faut parler bas ?...

LENGLUMÉ : Oui.

POTARD : Pourquoi ça ?

LENGLUMÉ : Eh bien, Potard, c'est atroce, n'est-ce pas ?

POTARD : Quoi ?

LENGLUMÉ : Tu m'as vu cette nuit ?

POTARD : Je vous ai même suivi... vous battiez les murs... et tout ce qui se trouvait devant vous... avec mon parapluie... pif ! paf ! pan !

---

1. *Le Palais de Chrysocale, ou les Exposants et les Exposés*, « contre-exposition de l'Exposition », par Clairville et Gabot (théâtre des Variétés, 23 juillet 1855). Nous n'avons pu identifier l'air original.

LENGLUMÉ : La malheureuse !...

POTARD : Ah ! vous allez bien quand vous vous y mettez !

LENGLUMÉ : Je te jure que c'est la première fois que m'y mets !... Pauvre femme !...

POTARD : Votre femme n'en saura rien.

LENGLUMÉ : Oui... mais l'autre !

Il indique le ciel.

POTARD, *à part, riant* : Comment, il en a une autre ?... au-dessus ?

LENGLUMÉ : Potard... j'ai une demande à t'adresser.

POTARD : Moi aussi !

LENGLUMÉ : Tu ne voudrais pas me mettre dans la peine, n'est-ce pas ? toi, notre seul parent du côté des Frottemouillard !

POTARD : Parlez, cousin.

LENGLUMÉ : Eh bien, si jamais on te demande à qui tu as prêté ton parapluie... ton sinistre parapluie !...

POTARD : Qu'est-ce qu'il a ?

LENGLUMÉ : Réponds... ah ! réponds que tu l'as égaré dans le chemin de fer de Versailles[1] en allant voir jouer les eaux, un dimanche !...

POTARD : Tiens !... quelle drôle d'idée !

LENGLUMÉ : Tu m'as compris ?

---

1. La ligne de chemin de fer Paris-Versailles a été ouverte en 1840. Le voyage en train fait partie de ces traits de la modernité du XIXe siècle dont Labiche exploite les potentialités théâtrales, notamment dans *Le Voyage de Monsieur Perrichon* (1860) et *Les Chemins de fer* (1867).

POTARD : C'est-à-dire...

LENGLUMÉ, *lui serrant la main* : Merci !... merci !...

Soupir de satisfaction.

POTARD, *à part* : Il a l'air bien disposé. *(Haut.)* Cousin, à mon tour, j'ai un service à vous demander.

LENGLUMÉ : Parle, tu sais bien que je n'ai rien à te refuser.

POTARD : C'est que... il s'agit d'argent...

LENGLUMÉ : Ah ! il s'agit... *(À part.)* Il veut me faire chanter ! *(Haut.)* Voyons... tu es honnête... sois modéré : combien ?

POTARD, *après avoir hésité* : Quinze cents francs !...

LENGLUMÉ, *joyeux* : Pas plus ?

À part.

AIR de *Voltaire chez Ninon* [1]

Le progrès règne maintenant.
Jadis on ne faisait usage
Que de l'art sublime du chant.
À présent on a... le chantage !

À Potard.

Noble cœur ! de toi je suis fier,
Tu pouvais, sur ta serinette[2],

---

1. « Fait historique » en un acte, mêlé de vaudeville, de Moreau et Lafortelle (théâtre du Vaudeville, 7 mai 1806). Les paroles de Labiche parodient sans doute l'air de la scène 1 : « Ninon malgré ses cheveux blancs, / N'a pas encore changé d'usage, / Et conserve, sur ses vieux ans, / Les dons heureux de son jeune âge ». Nous en reproduisons la musique p. 84.

2. Petit orgue à manivelle qui servait à instruire les serins.

Me faire chanter un grand air ;
Tu t'en tiens à la chansonnette !

C'est très gentil ! *(Lui remettant deux billets.)* Voilà !

POTARD : Ah ! cousin !... tant de générosité !... Tenez, laissez-moi vous remercier !

Il l'embrasse.

LENGLUMÉ, *touché* : Ah ! tu ne crains pas de m'embrasser, toi ! tu es un homme fort !

POTARD, *à part* : Qu'est-ce qu'il a ? *(Haut.)* J'entre dans votre cabinet pour écrire à mon créancier. Vous permettez ?

LENGLUMÉ : Tout ; mais tu me jures de jeter un voile épais ?...

POTARD : Sur quoi ?

LENGLUMÉ : Sur cette nuit d'horreur !

POTARD : Allons donc !... une peccadille !...

LENGLUMÉ, *satisfait* : Une peccadille !... Oh ! tu es un homme fort !

POTARD : Soyez tranquille, je n'en parlerai à personne... excepté à ma femme pourtant !

LENGLUMÉ : Ta femme ? La première bavarde du quartier !

POTARD : Je ne peux rien lui cacher. Elle a un talent pour me tirer les vers du nez.

LENGLUMÉ : Potard !... au nom du ciel !...

POTARD : Non ; je ne pourrais pas vous tenir parole !

Il se dirige vers le cabinet.

LENGLUMÉ, *courant après lui*: Potard!... Potard!...
POTARD: C'est impossible!

Il entre à droite, premier plan, et ferme la porte.

Scène 15

LENGLUMÉ, *puis* JUSTIN

LENGLUMÉ: Impossible!... Je suis un homme perdu! Sa femme va tout raconter, et le mois prochain on criera: «V'là c' qui vient de paraître!... Horrible assassinat, commis par la bande Lenglumé! ça ne se vend qu'un sou!» *(Frissonnant.)* Brrr!... Dire que, si je pouvais fermer la bouche à cet homme, tout serait fini!... tout!...

JUSTIN, *entrant de la gauche avec un réchaud de charbon*: Il est complet[1], l'ami de Monsieur.

LENGLUMÉ, *à part*: Du monde!

Il se retourne.

JUSTIN, *à part, riant*: Il a bu tout le genièvre... Dans ce moment, il fait cuire un soulier sur le gril et il pleure dessus!

LENGLUMÉ: Où vas-tu?... *(Montrant le réchaud.)* Qu'est-ce que c'est que ça?

1. Complètement ivre (familier).

JUSTIN : C'est un réchaud de charbon allumé, je le porte dans la bibliothèque pour sécher le papier.

Il entre à droite, premier plan.

LENGLUMÉ, *seul* : Un réchaud !... Et Potard qui est là !... il va l'asphyxier !... *(Gaiement.)* Il va l'asphyxier... ce garçon-là finira mal !...

NORINE, *dans la coulisse* : Lenglumé !... Lenglumé !...

LENGLUMÉ : N'entre pas !... n'entre pas !

Il sort vivement par la gauche, deuxième plan.

JUSTIN, *rentrant* : J'ai ouvert les deux fenêtres... à cause de ce monsieur qui écrit... Mais, pourquoi diable l'autre fait-il cuire son soulier ?... Ah ! il est cocasse !... il dit qu'il a massacré une charbonnière, rue de Lourcine... et qu'il a mis son bonnet dans un pot... Ce que c'est que les liqueurs !... Tiens ! le tabac !... Monsieur n'y est pas... je vais bourrer ma pipe.

Il tira sa pipe et ôte le couvercle du pot.

LENGLUMÉ, *revenant et apercevant Justin* : Qu'est-ce que tu fais là ?

JUSTIN : Oh !

Il tourne vivement le dos au pot et continue à bourrer sa pipe par derrière ; au lieu de tabac, il y fourre les rubans du bonnet.

LENGLUMÉ : Va-t'en.

JUSTIN : Oui, monsieur. *(En s'éloignant il entraîne le bonnet.)* Un bonnet !

LENGLUMÉ : Silence !

JUSTIN : Ah ! mon Dieu !... c'était donc vrai... celui de la charbonnière !... dans un pot !

LENGLUMÉ, *effrayé* : Comment !... tu sais ?...

JUSTIN : Rue de Lourcine !

LENGLUMÉ, *le saisissant à la gorge* : Misérable !... je vais t'étrangler !

JUSTIN : Au secours ! au secours !

Il se sauve à droite, deuxième plan.

Scène 16

LES MÊMES, NORINE

NORINE : Ces cris !... qu'y a-t-il ?

LENGLUMÉ, *très calme* : Rien... je causais avec Justin... ce brave Justin !...

NORINE, *un papier à la main :* Qu'est-ce que c'est que cette note que je viens de recevoir ?... tu n'as rien demandé ?

LENGLUMÉ : Non ! *(À part.)* Il faut absolument qu'il se taise !... il le faut !...

Il se dirige vers la porte par laquelle est entré Justin.

NORINE : Où vas-tu ?

LENGLUMÉ, *tranquillement*: Casser du sucre[1]... avec ce brave Justin!... *(À part.)* Il le faut!

Scène 17

NORINE, *puis* JUSTIN

NORINE: Casser du sucre par là!... mais les volets sont fermés...

JUSTIN, *paraissant à la porte de gauche, deuxième plan*: Madame... on attend pour cette petite note.

Il disparaît.

NORINE: Je n'y comprends rien!... absolument rien!... Sans doute il y a erreur... il faut qu'on s'explique... je vais voir... *(Appelant.)* Justin!... Justin!...

Elle sort par la gauche.

Scène 18

LENGLUMÉ, NORINE

LENGLUMÉ, *pâle, défait. En entrant, il va à la table et boit deux verres de curaçao. Musique à l'orchestre*[2]:

---

1. Au sens propre : il s'agit de casser des pains de sucre en morceaux.

2. Ce monologue parodie les récits de crime, déclamations hachées soutenues par des trémolos de cordes à l'orchestre, dans le mélodrame. Voir « Groupement de textes », p. 123.

C'est fait !... c'est horrible !... c'est fait !... Je lui ai dit : Justin, mille francs pour toi si tu veux te taire... pas de réponse !... deux mille francs !... c'était pourtant gentil... mais je ne voulais rien avoir à me reprocher, pas de réponse !... alors, je me jette à ses genoux... il me fait : Psch ! psch !... pour me narguer !... Je m'emporte ! je m'exaspère ! je lui saute au cou !... il m'égratigne !... je serre !... j'entends un râle... miaou !... c'était fait... c'est bien simple !... Comme l'homme est peu !... Pauvre Justin ! j'avais toujours pensé que ce garçon-là finirait mal... *(Se grisant par degrés.)* Ce que c'est que le remords... tout tourne... tout danse autour de moi... comme au banquet Labadens.

MISTINGUE, *en dehors.*

AIR de Dufresny
(*Les Vendanges*, sans l'orchestre)[1]

Dans la vigne à Claudine
Les vendangeurs y vont.

LENGLUMÉ, *complètement gris :* Tiens !... le petit biberon qui chante sa darbo !...

1. Nous n'avons pu identifier cet air.

Scène 19

LENGLUMÉ, MISTINGUE

MISTINGUE, *entrant et continuant.*

On choisit à la mine
Ceux qui vendangeront.

LENGLUMÉ

Aux vendangeurs qui brillent
On y donne le pas[1];
Les autres y grappillent,
Mais n'y vendangent pas !

ENSEMBLE

Les autres y grappillent,
Mais n'y vendangent pas !

MISTINGUE : Je ris… je ris comme un bossu !

LENGLUMÉ : Moi aussi !

MISTINGUE : Tu sais bien, le soulier de la charbonnière ?…

LENGLUMÉ : Oui… oui…

MISTINGUE : C'est comique !… je l'ai mis sur le gril… il se tortille… il se retourne, et il fait coui ! coui !

LENGLUMÉ, *très gaiement* : Coui ! coui !… *(À Mistingue.)* Tu sais bien, Potard… le témoin à charge ?

MISTINGUE : Oui.

1. On laisse la priorité.

LENGLUMÉ, *riant* : Couic !

MISTINGUE : Bon ! très bon !

LENGLUMÉ : Et Justin ! *(Même geste.)* Couac !

MISTINGUE : Bon ! très bon !

LENGLUMÉ : Comme ça, il n'y a plus de témoins !... plus personne !

MISTINGUE : Absolument ! Ah ! si, il y a quelqu'un !

LENGLUMÉ, *furieux* : Où est-il ?

MISTINGUE : Toi !

LENGLUMÉ : Et toi !

MISTINGUE, *à part* : C'est peut-être indélicat ce que je vais dire là !... *(Riant.)* Si je supprimais Lenglumé ?

LENGLUMÉ, *à part* : À la merci d'un ivrogne !... Si je supprimais Mistingue ?... Ça y est !...

MISTINGUE, *à part* : Ça va !

LENGLUMÉ, *lui tendant la main* : Ce brave Mistingue !...

MISTINGUE, *même jeu* : Ce brave Lenglumé !

LENGLUMÉ, *à part* : Un labadens ! ça me fait de la peine !...

MISTINGUE, *à part* : Ça me fait de la peine !... un labadens !

TOUS DEUX, *frappés d'une idée* : Ah !...

LENGLUMÉ, *prenant sur la table une grande cuiller à potage* : Ceci fera l'affaire !...

MISTINGUE, *allant prendre une bûche près de la cheminée* : Dès que je pourrai trouver mon petit joint[1]... une vingtaine de coups !

---

1. La locution « trouver le joint » signifie trouver le moyen de résoudre une difficulté.

LENGLUMÉ, *il prend le journal et présente une chaise à Mistingue* : Asseyons-nous, mon ami !

MISTINGUE, *apportant une chaise* : Volontiers !... *(À part.)* Exauçons ses dernières volontés !

Ils s'asseyent.

LENGLUMÉ : Et lis-moi le journal.

MISTINGUE, *à part* : Tiens ! si ça pouvait l'endormir.

LENGLUMÉ : Tu y verras l'histoire de la malheureuse charbonnière...

MISTINGUE : Bien malheureuse, en effet !

LENGLUMÉ : Y es-tu ?

MISTINGUE : J'y suis !... *(Lisant.)* « Mardi prochain, tout Paris se portera sur la place de la Concorde pour assister à l'érection de l'obélisque de Louqsor[1]... »

LENGLUMÉ, *debout, derrière lui, et tenant sa cuiller à deux mains, prêt à l'assommer* : L'obélisque !... qu'est-ce qu'il chante ?

MISTINGUE : C'est imprimé !

LENGLUMÉ, *prenant le journal et lisant* : « Le monolithe sera découvert demain, 24 juillet 1837. » *(Avec joie.)* 1837 !...

MISTINGUE, *la bûche en l'air* : Hein !... 1837 !

LENGLUMÉ : C'est un vieux journal !...

MISTINGUE : Il y a vingt ans !... Mais alors la charbonnière...

LENGLUMÉ : Nous sommes innocents !... Ah ! mon

1. L'érection de l'obélisque de Louqsor eut lieu en réalité le 25 octobre 1836.

ami !... *(Ils tombent dans les bras l'un de l'autre en s'embrassant avec effusion.)* Et moi qui allais t'assommer !

MISTINGUE : Tiens ! moi aussi !

LENGLUMÉ, *se dégageant* : Ah ! ça va mieux ! ça me dégrise !... *(Se rappelant tout à coup.)* Ah ! sapristi et les deux autres !... car tu sais... j'ai tué deux hommes !

MISTINGUE, *vivement* : Ah ! mais je n'en suis pas, de ceux-là !

Scène 20

LES MÊMES, JUSTIN, *puis* POTARD

JUSTIN, *entrant par la gauche, deuxième plan* : Monsieur, Madame fait demander si...

LENGLUMÉ : Hein !... tu n'es pas mort ?

JUSTIN : Par exemple !

LENGLUMÉ : Brave garçon !... Tiens, voilà cent sous pour toi !

JUSTIN : Pour n'être pas mort ?

LENGLUMÉ : Reste à un[1] !

POTARD, *sortant, sa lettre à la main* : Cousin, je vous remercie !

LENGLUMÉ : L'autre... Tu n'es pas mort ?

POTARD : Comment ?

LENGLUMÉ : Bon jeune homme !... Tiens, voilà cent sous pour toi !

---

1. Expression (fautive selon Littré) utilisée lorsqu'on fait une soustraction à haute voix.

POTARD : Cent sous ?...

LENGLUMÉ : Reste à zéro !

MISTINGUE, *à part* : Sapristi ! j'ai mal à la tête !...

Il remonte et disparaît derrière les rideaux du lit.

LENGLUMÉ : Mais qui donc était là, là... dans ce cabinet ?

Scène 21

LES MÊMES, NORINE

NORINE, *entrant* : C'est horrible !... c'est affreux !

TOUS : Qu'y a-t-il ?

NORINE : Moumoute, ma chatte ! que je viens de trouver sans connaissance !

LENGLUMÉ : La chatte !... un chatricide[1] !

NORINE : Ah ! monsieur, je ne vous le pardonnerai jamais... surtout après ce que je viens d'apprendre.

LENGLUMÉ : Quoi donc ?

NORINE : Où avez-vous passé la nuit, monsieur ?

LENGLUMÉ : Ça, je ne serais pas fâché de le savoir... Mistingue non plus. *(Le cherchant du regard.)* Tiens ! où est-il donc ?

1. Il s'agit bien sûr d'un néologisme. Dans *Un pied dans le crime* (1866), Labiche inversera la donnée : tirant dans l'obscurité sur le chat du voisin, Gatinais l'entend s'exclamer « Ah ! sapristi » — le chat est en fait son tailleur.

NORINE : Eh bien, je vais vous le dire : Vous vous êtes roulé dans l'orgie, chez des liquoristes de bas étage !

LENGLUMÉ : Moi ?

NORINE, *lui tendant un papier* : Chez la mère Moreau[1] !

TOUS : Oh !

NORINE : Osez le nier ! voici la note de vos déportements[2] ! *(Lisant.)* « Trois bocaux de cerises à l'eau-de-vie !... deux idem de prunes ! »

LENGLUMÉ, *se rappelant* : Ah ! les noyaux !... les noyaux !...

NORINE, *lisant* : « Plus : un bonnet de femme, un soulier du même sexe et un tour en cheveux appartenant à la demoiselle de comptoir. »

LENGLUMÉ : Ah ! je comprends !... je comprends !...

NORINE : Total : soixante-quatre francs.

LENGLUMÉ : C'est chacun trente-deux... Mistingue ! où diable est-il passé ?

NORINE : Et vous étiez tellement abruti par l'alcool, qu'il a fallu vous enfermer dans la cave au charbon !

LENGLUMÉ : Attends ! *(Fouillant à sa poche.)* Il m'en reste un morceau... Je vais t'expliquer...

NORINE : On nous attend pour le baptême, monsieur ; mais nous causerons ce soir.

LENGLUMÉ, *à part* : La nuit sera orageuse !... Il faudra que je me fasse pardonner !

---

1. La Maison de la Mère Moreau était un célèbre débit de « chinois » (liqueurs) situé à Paris. Le théâtre du Palais-Royal a joué en 1852 un vaudeville intitulé *La Mère Moreau, débit de chinois, mêlé de prunes et de couplets*, pochade de Clairville et Cordier.

2. Écarts de conduite, mœurs dissolues.

On entend ronfler dans l'alcôve.

TOUS : Qu'est-ce que c'est ?

LENGLUMÉ : Sapristi !... est-ce que j'aurais ramené un troisième labadens ?

Justin ouvre les rideaux de l'alcôve. On aperçoit Mistingue couché tout habillé sur le lit.

TOUS : Encore lui !

LENGLUMÉ : Ah çà ! il ne sortira donc pas de mon lit ? Donne-moi ma canne !... *(Se ravisant.)* Ou plutôt non !... ne le réveillons pas... Justin !

JUSTIN : Monsieur ?

LENGLUMÉ, *montrant Mistingue* : Tu vois bien ce colis... dès que nous serons partis... tu lui colleras dans le dos une étiquette, avec cette inscription : *Cuisinier pour Brunswick. — Fragile.* Après quoi, tu le déposeras à la gare de Strasbourg[1]... bureau des marchandises... Aies-en bien soin... c'est un labadens !

CHŒUR

AIR de Mangeant[2]

Ah ! rions des suites
De notre frayeur ;
Nous en voilà quittes,
Enfin, pour la peur !

---

1. Ancien nom de la gare de l'Est à Paris, ouverte en 1849 sous le nom d'« embarcadère de Strasbourg ».

2. Sylvain Mangeant a composé des musiques de scène et des opérettes au théâtre du Palais-Royal vers 1857. Nous n'avons pu identifier cet air.

LENGLUMÉ, *au public*

AIR : *Tu n'as pas vu ces bosquets de lauriers* [1]

Tous nos forfaits doivent vous étonner ;
Mistingue et moi, nous sommes sans malice.
Ne soyez pas prompts à nous condamner,
Et pesez bien tout dans votre justice.
Nous désirions, nous osions espérer,
Vous faire rire au gré de votre attente.
L'intention est à considérer ;
Aussi, messieurs, nous venons implorer
La circonstance atténuante.

CHŒUR, REPRISE

Ah ! rions des suites,
Etc.

FIN DE L'AFFAIRE DE LA RUE DE LOURCINE

1. Nous n'avons pu identifier cet air.

Du tableau

au texte

Sophie Barthélémy

Du tableau au texte

Le Boulevard Montmartre la nuit
de Jean Béraud

... le goût pour l'anecdote pittoresque...

Paris à la Belle Époque, la nuit. Ses grands boulevards animés où se pressent élégantes, cocottes, garçons de cafés, marchands ambulants et grands bourgeois venus s'encanailler, son éclairage au gaz illuminant violemment, à l'arrière-plan, la façade du théâtre des Variétés et, à droite, la colonne Morris dont le rouge rutilant fait ressortir les lettres blanches de la réclame d'un spectacle : tel est le décor de théâtre campé, dans ce tableau, par le peintre Jean Béraud. Il s'imposa, à la fin du XIXe siècle, comme le chroniqueur le plus fidèle de la vie parisienne. Croquées sur le vif depuis un fiacre dont l'artiste avait fait son atelier ambulant ou, comme ici, depuis la terrasse d'un café, ces scènes de rue restituent avec une tendre ironie le spectacle de la société mondaine de son temps. La comédie de mœurs et le vaudeville ne sont pas loin...

À droite de la composition, formant un cénacle fermé, des hommes du monde, reconnaissables à leur redingote, leur chapeau haut de forme et leurs moustaches soignées, s'attardent sur les trottoirs, en quête de distractions et d'aventure. Deux d'entre eux devisent gaiement. On devine, derrière les sourires galants et les regards insistants, les commentaires qu'ils sont en train d'échanger. La croupe généreuse de la jeune femme qui leur tourne le dos semble en effet être l'objet de toutes les attentions des deux acolytes, en qui l'on pourrait reconnaître les deux héros d'Eugène Labiche, Lenglumé et Mistingue. Figé dans une attitude hiératique frisant la caricature, leur voisin, archétype parfait du bourgeois parvenu et concupiscent, évalue également, d'un air faussement désabusé, les charmes de la demoiselle. Tenant une canne à la main, autre attribut du bourgeois boulevardier, il pourrait à son tour incarner le rentier Lenglumé, dont la fatuité n'a d'égale que la suffisance et la foi dans la seule puissance de l'argent. Mais ici, la canne a remplacé le parapluie vert à tête de singe du cousin Potard! D'aucuns ont voulu reconnaître dans ce personnage guindé le peintre lui-même, qui s'amusait volontiers à se représenter dans ses tableaux. Décrit par ses contemporains comme un homme grand et élégant, Jean Béraud était le type même du Parisien mondain.

Saisie dans une sorte d'instantané photographique et comme arrêtée dans son élan, la belle de nuit est surprise par l'objectif du peintre, qu'elle fixe avec une expression faussement effarouchée, les mains cachées dans son manchon en fourrure.

À gauche, une autre jeune femme, vue de dos, mais dont l'attitude décontractée — le bras gauche posé négligemment sur la hanche — semble attester la frivolité de ses mœurs, converse avec un garçon de café dont le geste est identique. La proximité de leurs corps et la familiarité apparente de leurs échanges laissent supposer une certaine intimité entre ces deux personnages.

Aucun détail ne semble échapper à l'œil aiguisé du peintre chroniqueur, dont le goût pour l'anecdote pittoresque s'allie à une véritable tendresse pour ses contemporains : le crieur de journaux s'égosillant pour faire entendre sa voix dans l'agitation bruyante de la nuit ou encore ces deux bourgeois préférant s'adonner à la lecture des colonnes Morris qu'au libertinage.

… la mise en scène de cette comédie de mœurs dont le peintre est le témoin attentif…

L'impression de foule et d'agitation nocturne est donnée par le papillotement de taches noires évoquant les silhouettes des flâneurs et des noceurs que l'on aperçoit derrière les fenêtres violemment éclairées du théâtre des Variétés, dont les lustres imposants introduisent une note de faste festif dans le paysage urbain. Au théâtre, lieu de divertissement et de promiscuité, fermant la composition à l'arrière-plan, fait écho, au premier plan, à droite, le café, autre lieu de plaisir invitant à l'ivresse des sens. Seule la présence du garçon de café, reconnaissable à son tablier blanc et au torchon glissé sous son bras, et des deux guéridons, légèrement coupés par le bord de la toile, permet d'identifier la terrasse d'un café. Les plateaux sur lesquels reposent, apparemment vides, carafes et verres, ont ici une puissance d'évocation particulière. La nuit est le moment où les clivages sociaux sont provisoirement abolis et où les sens, enfiévrés par l'alcool, se débrident.

C'est d'ailleurs sur un Lenglumé émergeant un matin des vapeurs anesthésiantes de l'alcool et frappé d'amnésie que s'ouvre *L'Affaire de la rue de Lourcine.* Sans cette soirée bien arrosée de la veille au cours de laquelle les deux anciens condisciples de l'institution Labadens abusèrent copieusement « de champagne, de madère, de pommard » et autres liqueurs enivrantes, point de ces quiproquos rocambolesques et de ces multiples rebondissements qui constituent les ressorts comiques du vaudeville !

Bien qu'il eût débuté sa carrière comme portraitiste, Jean Béraud dépeint ici davantage des types sociaux — le bourgeois, la cocotte, le peuple des faubourgs... — qu'une galerie de portraits fortement individualisés. Comme dans une pièce de boulevard, chaque personnage se voit attribuer un rôle et une attitude très codifiée dans laquelle le pinceau du peintre l'a figé. Les costumes, restitués avec un soin minutieux témoignant de l'intérêt de l'artiste pour la mode de son temps, l'éloquence des gestes et des regards ainsi que les éléments réalistes du décor participent également à la mise en scène de cette comédie de mœurs dont le peintre est le témoin attentif et amusé mais aussi l'un des acteurs principaux.

La composition est elle-même au service de cette mise en scène. Selon un procédé qui lui est coutumier, le peintre a disposé les visages des personnages en frise, le long d'une horizontale qui coupe la composition à mi-hauteur. Les verticales sont dessinées par les colonnes de la façade classique du théâtre des Variétés et par les panneaux publicitaires. Aux habiles effets de lumière et à la vivacité de la touche, brillante et enlevée, s'ajoute un sens du coloris dont témoignent ces jeux d'opposition, chers à Édouard Manet et à Edgar Degas, entre les noirs des robes à fourreau, des redingotes, des hauts-de-forme et des souliers vernis, et les blancs des chemises et des cols ainsi que des jabots de dentelles. Quelques touches de rouge et de bleu introduisent une note colorée dans cette scène nocturne que rehaussent encore les accents lumineux des réverbères, des colonnes publicitaires, des loges du théâtre et de la lanterne du fiacre traversant le boulevard au second plan.

… le Paris haussmannien des boulevards, « véritable promenade de l'avenir »…

Observateur scrupuleux et objectif de la société parisienne de son temps, Jean Béraud s'est surtout attaché à décrire l'effervescence des Grands Boulevards qui étaient depuis le Second Empire le quartier par excellence des théâtres, des cafés, des restaurants et des Grands Magasins. C'est à l'initiative de Napoléon III et de son nouveau préfet, le baron Haussmann, que furent entrepris dès 1853 les grands travaux d'embellissement et d'assainissement qui firent de Paris une capitale moderne : percement de boulevards bordés d'arbres et de façades à l'ordonnance classique venant remplacer les rues tortueuses et insalubres du Paris médiéval, éclairage au gaz, aménagement de parcs et de squares pour la promenade publique… C'est aussi à la même époque que l'entreprise Morris installe sur les trottoirs parisiens ses fameuses colonnes publicitaires, désormais inséparables du paysage urbain. « Le vieux Paris n'est plus », déclare ainsi Charles Baudelaire qui, à l'instar d'Émile Zola, préconise alors le paysage urbain comme l'un des sujets modernes à traiter en priorité par les artistes. Plus que les quartiers historiques, c'est le Paris haussmannien des boulevards, « véritable promenade de l'avenir » pour reprendre le slogan du guide Joanne, qui fascine désormais les peintres en quête de nouveaux effets : « À quelque heure qu'on s'y promène [...] c'est un kaléidoscope où les objets et les personnages, toujours pittoresquement colorés, changent à chaque pas. Toute la société parisienne y est représentée, de la duchesse à l'ouvrier [...]. Si vous voulez offrir ce spectacle amusant prenez votre stalle à la porte d'un de ces nombreux cafés dont le génie de la spéculation a orné les boulevards depuis la Madeleine jusqu'à la Bastille... » (Alfred Delvau, *Les Plaisirs de Paris,* 1867). S'ils affectionnent surtout les bords de Seine et la côte normande, les impressionnistes, en particulier Claude Monet, Camille Pissarro et Gustave Caillebotte, condisciple de Béraud à l'atelier du peintre Léon Bonnat, sacrifient à leur tour à cet engouement pour la ville dont ils s'attachent à transcrire l'animation et l'atmosphère changeante.

Mais tandis que les impressionnistes préfèrent planter leur chevalet à la campagne, le long des fleuves ou au bord de la mer pour en capter les miroitements les plus fugaces, Jean Béraud, bien que natif de Saint-Pétersbourg, reste un Parisien obstiné. S'il pénètre parfois dans les coulisses de l'Opéra et dans les loges de théâtre ou à l'intérieur des cafés et des pâtisseries cossues de la capitale, c'est toutefois dans les scènes de rue que l'artiste est le plus à son aise. Le spectacle du défilé des fiacres sur les Champs-Élysées ou des calèches sur les allées du bois de Boulogne, des élégantes et des dandys sur les quais de Seine, est pour lui une source d'inspiration inépuisable, comme il l'était déjà quelques années plus tôt pour Constantin Guys en qui Baudelaire voyait « le peintre de la vie moderne ».

L'animation nocturne des Grands Boulevards, avec ses cocottes aux toilettes provocantes aguichant les « respectables » notables prêts à se ruiner pour elles, le fascine tout autant, comme en témoigne cette vue du boulevard Montmartre ou encore ces *Belles de nuit* (1905) représentant le Jardin de Paris, établissement de plaisir disparu en 1899 pour laisser place au Grand Palais. Autre lieu à la mode immortalisé par Degas, le café-concert des Ambassadeurs est le sujet d'une peinture également très proche de celle-ci. On y voit un couple attablé au balcon d'un café surplombant la foule des spectateurs.

... Sa malice est toujours bienveillante...

Ces scènes de rue parisienne qui valurent de 1876 à 1914 à Béraud la faveur du public et de nombreuses récompenses officielles — médaille d'or à l'Exposition universelle de 1889, Légion d'honneur en 1894 — trouvent leur parfaite illustration littéraire dans les *Croquis parisiens* de J.-K. Huysmans et surtout dans les romans proustiens. Une amitié et une estime réciproques liaient en effet le peintre à Marcel Proust. Tous deux fréquentaient les mêmes salons mondains, tel celui de la comtesse Potocka, sujet d'un tableau de Béraud et d'un article publié dans *Le Figaro* du 13 mai 1904, dans lequel Proust, sous le pseudonyme d'Horatio, exalte « la gloire, le talent, le charme, le cœur et l'esprit » du peintre, en qui il voyait « le plus spirituel des hommes ».

Béraud partage avec Proust la même lucidité sur son époque. Malgré la naïveté apparente de ses tableaux, il n'est pas dupe de la comédie humaine qui se joue sous ses yeux. S'il est moins frivole que Paul Helleu, Giovanni Boldini, Henri Gervex ou Louise Abbéma, autres portraitistes mondains de la IIIe République, il n'a ni la critique acerbe et féroce ni le génie pictural d'un Honoré Daumier. Sa malice est toujours bienveillante et empreinte d'une certaine tendresse, là où celle du peintre caricaturiste du Second Empire, quand il fustige les travers des « bons bourgeois », fats, veules et mesquins, est acide, voire corrosive.

Le tableau de Béraud peut aussi trouver son équivalent littéraire dans le théâtre de Labiche. Bien qu'issus de deux générations différentes — Béraud commence à peindre dix ans seulement avant la mort de Labiche et n'est âgé que de huit ans lorsque *L'Affaire de la rue de Lourcine* est créée au Palais-Royal —, les deux hommes ont des parcours aux affinités troublantes. Appartenant tous deux à la bourgeoisie — industrielle pour Labiche, plus bohème pour Béraud, fils de sculpteur émigré en Russie —, le peintre et l'écrivain ont été élèves au lycée Condorcet (anciens collège Bourbon et lycée Bonaparte) avant d'entamer des études de droit qu'ils interrompent très vite pour se consacrer à leurs passions respectives. Tous deux portent le même regard critique et amusé sur les travers de la petite bourgeoisie parisienne dont ils connaissent toutes les manies, conformismes et préjugés. Les

Boulingrin, Perrichon et autres Lenglumé sont les ancêtres directs des personnages croqués par le pinceau de Béraud. Mais, chez Labiche, la satire, à peine cachée derrière la farce, est plus féroce et les ridicules de ses personnages sont plus criants.

Tentant de détourner l'attention de sa femme afin de l'empêcher de découvrir l'intrus dans le lit conjugal, Lenglumé ne cesse de répéter : « Allons faire un tour sur le boulevard » (scène 3). Au-delà du caractère comique et insolite de cette proposition qui ne manque pas de surprendre Norine Lenglumé, intriguée par l'étrange lubie de son époux à son réveil : « Le boulevard ! Tu n'es seulement pas habillé !... », cette réplique renvoie à une réalité sociale : les Grands Boulevards, situés non loin de l'appartement du couple Lenglumé, rue de Provence, sont alors le lieu de villégiature favori de la bourgeoisie parisienne. On y flâne tout en exhibant ses toilettes et ses beaux habits, gages de réussite sociale. C'est l'endroit à la mode où il est bon de se montrer.

... Béraud et Labiche partagent la même passion du théâtre des boulevards...

Lenglumé ressemble en outre comme un frère à ces bons bourgeois, respectables le jour, noceurs la nuit. Trompant régulièrement la vigilance de Madame pour aller s'encanailler et boire tout son saoul à l'insu de sa femme, notre héros incarne toute l'hypocrisie de sa classe : « Je crois que je me suis un peu... pochardé ! Moi, un homme rangé !... » (scène 2). L'« homme rangé », s'il n'est pas le meurtrier de l'infortunée charbonnière qu'il croit être à la suite d'un malheureux quiproquo, semblait pourtant prêt à commettre l'adultère avec la « demoiselle de comptoir » d'un « liquoriste de bas étage » dont il a rapporté quelques trophées bien embarrassants : un bonnet, un soulier et un tour en cheveux !

Si l'ivresse nocturne brise les barrières sociales, les préjugés de classe reprennent très vite leurs droits dès lors que l'on redevient sobre. Quand Lenglumé découvre que son ami Mistingue, autrefois brillant latiniste, est devenu chef cuisinier, il s'en veut de l'avoir invité à sa table : « Ah ! qu'il est commun !... Si je pouvais le faire manger à la cuisine ! » (scène 6). Sa mesquinerie de petit-bourgeois le porte à croire que cette basse extraction sociale et ce manque d'ambition vont de pair avec la malhonnêteté. Un pauvre ne peut être qu'un voleur. Ainsi met-il en garde son épouse : « Tu prendras garde à l'argenterie ! » (scène 7).

Au-delà des ressemblances entre leurs personnages, Béraud et Labiche partagent la même passion du théâtre des boulevards. La plupart des scènes de la vie parisienne de Jean Béraud ont pour cadre l'opéra ou le théâtre, comme celui du Vaudeville (*Boulevard des Capucines devant le théâtre du Vaudeville*, 1889, Paris, musée Carnavalet) ou, comme ici, celui des Variétés. Inauguré en 1807 boulevard Montmartre, ce charmant théâtre à l'italienne était le temple du vaudeville et de l'opéra-bouffe. Offenbach et ses librettistes Halévy et Meilhac, Sarah Bernhardt et Yvette Guilbert s'y produisirent à de nombreuses reprises. Quant à Labiche, il y donna vingt-trois de ses plus célèbres comédies, dont *La Guigne* et *Un jeune homme pressé*.

Le texte en perspective

Olivier Bara

Mouvement littéraire

Le théâtre des boulevards sous le Second Empire

« ALLONS FAIRE UN TOUR sur le boulevard », répète Lenglumé à sa femme, alors qu'il vient à peine, à la scène 2, de s'arracher de son lit. De la rue de Provence où demeure notre couple de bons bourgeois au boulevard des Italiens, il n'y a en effet qu'un pas — un pas que Lenglumé, sans habit et sans bottes, est tout prêt à franchir. La vie parisienne s'affiche alors en ces hauts lieux de la sociabilité que sont les boulevards. On s'y montre et s'y côtoie dans les contre-allées, dans les cafés ou dans les salles de spectacle qui s'alignent du boulevard des Capucines au boulevard du Temple. De cette réalité géographique et sociale parisienne, une expression est née : le « théâtre de boulevard ».

Recourir à cette catégorie pour englober à la fois la production de Labiche au théâtre du Palais-Royal, d'Offenbach aux Bouffes-Parisiens et d'Anicet-Bourgeois à l'Ambigu-Comique relève pourtant de l'anachronisme autant que de la généralisation abusive. L'expression n'entre dans l'usage qu'en 1867 (*Dictionnaire historique Robert*), au moment où l'organisation institutionnelle des théâtres se modifie radicalement : à partir de la IIIe République (1870-1940), le « théâtre de boulevard » s'oppose aux théâtres d'avant-garde, naturalistes ou symbolistes. L'expression se répand alors pour désigner des pièces légères, fondées sur des ressorts traditionnels de la comédie (le mari, la femme et son amant...). Les comédies de boulevard et autres pièces « boulevardières » (l'adjectif entre aussi en usage en 1867) sont réputées s'adresser à un grand public bourgeois, plus avide de divertissement que de haute littérature.

Sous le Second Empire (1852-1870), sous le règne de Labiche puis d'Offenbach, l'antagonisme oppose plutôt les théâtres principaux, subventionnés par l'État, et les théâtres dits secondaires, dont la plupart se répartissent sur les Grands Boulevards, entre la République et la Madeleine. Ce théâtre *des* boulevards n'affiche aucunement l'homogénéité postulée par l'expression, fortement péjorative, « théâtre de boulevard ». Dans les genres représentés, les esthétiques adoptées, comme dans le public visé, ces spectacles offrent encore une riche palette, d'une grande diversité esthétique et sociologique.

Ce théâtre des boulevards reposait souvent sur la reprise parodique d'autres pièces et sur la citation musicale d'airs en vogue. Seul un travail de contextualisation permet d'apprécier pleinement aujourd'hui la charge comique de *L'Affaire de la rue de Lourcine.*

1.

État des lieux théâtraux
Genres et publics des boulevards

Le théâtre en France au XIXe siècle est tributaire d'une législation encadrant étroitement l'activité dramatique. Entre les décrets napoléoniens de 1806-1807 et la loi du 6 janvier 1864 sur la liberté des théâtres, règne le système dit « du privilège » : tout nouveau théâtre doit bénéficier d'une autorisation spéciale du pouvoir politique pour ouvrir. Bien plus, chaque théâtre se voit assigner le genre de spectacle dans lequel il est tenu de se spécialiser. Le pouvoir espère ainsi éviter la concurrence anarchique entre des spectacles plus aisés à contrôler politiquement. En 1855, Paris compte seulement vingt-six théâtres, presque tous répartis sur la rive droite de la Seine. Ils sont hiérarchisés en théâtres principaux (Opéra, Opéra-Comique, Théâtre-Italien, Odéon), théâtres secondaires et spectacles de curiosités.

1. *Le Boulevard du Crime*

Le boulevard du Temple a été rebaptisé « Boulevard du Crime » en raison des mélodrames violents, sanglants et larmoyants qui s'y jouent depuis le début du siècle. Entre la fin du XVIIIe siècle et 1862, le côté pair de ce boulevard situé à l'est de la capitale offre un bel alignement de théâtres devant lesquels s'animent les bateleurs et leurs parades. Certes, tous les spectacles de mélodrame ne se donnent pas sur ce boulevard, qui accueille aussi la féerie, le spectacle équestre (le Cirque impérial) ou la pantomime (les Funambules). Mais quelques temples du « mélo » sentimental s'y trouvent installés, à commencer par le mal-nommé théâtre de la Gaîté. En 1862, le Boulevard du Crime et ses théâtres bon marché disparaîtront, victimes des grands travaux urbains d'Haussmann, du percement de l'actuel boulevard Voltaire et de la place de la République. Même si trois salles seront reconstruites, le spectacle populaire est effacé de la carte parisienne.

En attendant, un nouveau type de mélodrame tend à se développer vers 1850 : le mélodrame policier et judiciaire inspiré de quelques grands faits divers comme l'affaire du courrier de Lyon, transformée en pièce à succès à la Gaîté, par Moreau, Giraudin et Delacourt. Avec *L'Affaire de la rue de Lourcine*, Labiche offre en 1857 la parodie sous forme de vaudeville de ce nouveau genre mélodramatique, nourri des crimes retentissants dévoilés par la grande presse. En 1863, un maître du mélo, Adolphe Dennery (1811-1899), poursuivra dans cette veine avec *L'Aïeule* où une vieille infirme se révèle être une empoisonneuse. La pièce est jouée dans un autre temple du mélodrame, l'Ambigu-Comique, sur le boulevard Saint-Martin, prolongement du boulevard du Temple. Là se trouve aussi le théâtre de la Porte-Saint-Martin, qui accueillit le drame romantique au début des années 1830, situé à mi-chemin entre les boulevards de l'Est et ceux du centre de la capitale.

2. *Les théâtres de vaudeville*

Seuls, trois des vingt-six théâtres parisiens en 1855 sont exclusivement consacrés au vaudeville (le théâtre du Palais-Royal, les Nouveautés, l'Athénée-Comique) et sept accordent une large place à ce genre léger : le Vaudeville, le Gymnase-Dramatique, les Variétés, la Renaissance, le Cluny, les Menus-Plaisirs, le Dejazet. L'époque est au théâtre de divertissement, comédies légères et vaudevilles : un théâtre de consommation courante favorisé par le pouvoir impérial. Les théâtres secondaires accueillent aussi la comédie sociale d'Alexandre Dumas fils (*La Dame aux camélias*, 1852) et d'Émile Augier, qui mettent en scène les problèmes de mœurs contemporains. Ces salles sont souvent situées sur les Grands Boulevards : le boulevard Bonne-Nouvelle pour le Gymnase, le boulevard Montmartre pour les Variétés. Non loin de là, place de la Bourse, se dresse le Vaudeville et, tout près, derrière la Comédie-Française, se trouve le théâtre du Palais-Royal.

On peut sans exagérer affirmer que Labiche et ses vaudevilles ont élu domicile dans ce dernier théâtre. La première de *L'Affaire de la rue de Lourcine* a eu lieu le 26 mars 1857 au Palais-Royal. Labiche y a déjà créé cinquante-cinq pièces depuis 1838. Il y fera jouer en tout quatre-vingt-dix-sept ouvrages jusqu'en 1877, contre dix-neuf au Gymnase, vingt-trois aux Variétés ou quatorze au Vaudeville. Ancien théâtre de la Montansier — une femme d'affaires reconvertie dans le théâtre, actrice et directrice de troupe —, le Palais-Royal (toujours en activité de nos jours) compte alors neuf cent cinquante places et réunit la meilleure troupe comique de Paris. Voici comment la salle est décrite par le personnage de Dumouflard dans une pièce de Labiche, *Les Précieux* (1855) : « Je connais à Paris un petit théâtre qui n'a pas le sens commun, près d'un jardin, entouré de traiteurs, qui joue ses farces presque au choc des verres et au bruit du champagne [...]. Je lui sais gré d'être resté fidèle à sa gaieté, à sa folie, à ses calembours même. » Cette gaieté est partagée par la bourgeoisie parisienne ou provinciale qui forme l'essentiel du public.

3. *Le vaudeville contre l'opérette*

Le vaudeville est concurrencé sous le Second Empire par un nouveau genre que l'on appellera bientôt l'opérette et dont le nom hésite encore entre « opérette-bouffe », « opéra-bouffon », « opéra-bouffe ». Son grand représentant est le compositeur Jacques Offenbach (1819-1880), dont les succès croissants vont inquiéter le maître du vaudeville, Eugène Labiche. En 1866, Offenbach viendra même narguer ce dernier dans son propre théâtre, en créant sa *Vie parisienne* au Palais-Royal. Entre-temps, le compositeur prend la tête d'un nouveau théâtre, les Bouffes-Parisiens, ouvert en 1855 à la faveur de l'Exposition universelle et installé ensuite passage Choiseul, tout près du Palais-Royal. Il conquiert peu à peu le droit de donner des opéras-bouffes, devenus de véritables œuvres lyriques, en plusieurs actes et plusieurs tableaux. Grâce à la liberté des théâtres octroyée en 1864, l'opérette d'Offenbach, mêlant l'esprit léger et parodique du vaudeville aux formes musicales de l'opéra-comique, devient le genre théâtral le plus couru de la capitale.

L'affiche des boulevards sous le Second Empire

1854	Augier et Sandeau, *Le Gendre de Monsieur Poirier* (Gymnase, comédie). Arnaud et Jaime, *Constantinople* (Cirque impérial, drame militaire).
1855	Dumas fils, *Le Demi-Monde* (Gymnase, comédie).
1857	Anicet-Bourgeois, *L'Aveugle* (Gaîté, mélodrame).

	Labiche, *L'Affaire de la rue de Lourcine* (Palais-Royal, comédie).
1858	Deslys et Barbara, *Le Pont-Rouge* (Gaîté, mélodrame).
	Anicet-Bourgeois et Dugué, *Les Pirates de la Savane* (Gaîté, mélodrame).
	Dennery et Dugué, *Cartouche* (Gaîté, mélodrame).
	Offenbach, *Orphée aux Enfers* (Bouffes-Parisiens, opéra-bouffon).
1860	Labiche, *Le Voyage de Monsieur Perrichon* (Gymnase, comédie).
	Dumas père, *La Dame de Monsereau* (Ambigu-Comique, drame).
1862	Anicet-Bourgeois et Féval, *Le Bossu* (Porte-Saint-Martin, mélodrame).
	Anicet-Bourgeois, *La Bouquetière des Innocents* (Ambigu-Comique, mélodrame).
1863	Labiche, *Célimare le bien aimé* (Palais-Royal, comédie).
1864	Labiche, *La Cagnotte* (Palais-Royal, comédie).
	Offenbach, *La Belle-Hélène* (Variétés, opéra-bouffe).
1866	Offenbach, *La Vie parisienne* (Palais-Royal, opéra-bouffe).
1867	Dumas fils, *Les Idées de Mme Aubray* (Gymnase, comédie).
	Offenbach, *La Grande-Duchesse de Gérold-stein* (Variétés, opéra-bouffe).
1868	Offenbach, *La Périchole* (Variétés, opéra-bouffe).
1869	Meilhac et Halévy, *Froufrou* (Gymnase, comédie).

4. *L'industrie des boulevards : la collaboration théâtrale*

Le nom de Labiche, sur la couverture de notre édition de *L'Affaire de la rue de Lourcine*, en cache deux autres : ceux d'Édouard Martin et Albert Monnier, ses collaborateurs. Avec le premier, Labiche signera dix autres pièces, dont *Le Voyage de Monsieur Perrichon* ou *La Poudre aux yeux*. Avec le second, il a déjà créé *Le Lierre et l'Ormeau* en 1840. La présence de deux ou trois noms d'auteurs pour la même pièce à l'affiche ne saurait surprendre : la collaboration est une pratique courante dans les théâtres des boulevards. Elle s'explique notamment par la nécessité de renouveler rapidement l'affiche en vue de répondre à une demande du public toujours croissante que le faible nombre de salles à Paris ne parvient pas à contenter.

« Un auteur dramatique, comme peu de personnes le savent, se compose d'abord d'un *homme à idées*, chargé de trouver les sujets et de construire la charpente ou *scenario* du vaudeville ; puis d'un *piocheur*, chargé de rédiger la pièce ; enfin d'un *homme-mémoire*, chargé de mettre en musique les couplets, d'arranger les chœurs et les morceaux d'ensemble, de les chanter, de les superposer à la situation. » Tel est l'éclairage apporté sur l'industrie théâtrale des boulevards par Honoré de Balzac (*Les Employés*, 1837), qui eut lui-même recours, dans ses entreprises théâtrales, à quelques « carcassiers » chargés spécialement de la charpente dramatique des pièces. On appelle aussi « forçats » les collaborateurs de l'ombre, auteurs de multiples « ours » (pièces refusées par les théâtres), réduits à faire le « nègre » pour un dramaturge de renom.

La pratique de la collaboration a été vivement reprochée à Labiche. Le dramaturge Henry Becque (1837-1899) invente ainsi, dans un article de 1898, l'expression « Labiche et Cie » pour désigner l'auteur de ce théâtre composé à plusieurs mains, « ouvrages sans littérature » dont les marques distinctives appartiendraient davantage aux collaborateurs qu'à Labiche lui-même, dont la production personnelle ne s'élèverait qu'à « quatre pauvres petits actes » (« Labiche et ses collaborateurs », *Œuvres complètes*, t. VI, 1926). Il est aisé de répondre à ces accusations. D'une part, les collaborateurs de Labiche ont écrit seuls des pièces qui, elles, sont tombées dans l'oubli le plus complet. D'autre part, une pièce de Labiche se reconnaît immédiatement, à son ton, à son inventivité langagière et à son rythme dramatique. Si ses collaborateurs étaient souvent chargés de lui « souffler » la situation initiale d'un vaudeville et s'ils intervenaient dans le processus créateur en tant que juges extérieurs, sorte de premier public de la pièce en gestation, l'établissement définitif du plan, allégé de toutes les scories des premières moutures, et la fixation du dialogue, enrichi de toute la verve comique du vaudevilliste, sont bien de Labiche.

2.

L'esprit des boulevards

La créativité des théâtres secondaires, née de la productivité des auteurs-collaborateurs, est étourdissante. Elle ne peut être entretenue que par le recyclage de situations et de personnages types, par des pratiques de réemploi et de parodie. L'affiche des théâtres ressemble à un kaléidoscope : il suffit de tourner la lorgnette pour que, par recomposition des mêmes ingrédients, une œuvre nouvelle se forme. Nourri de tant de spectacles, le spectateur mobilise en permanence sa mémoire pour apprécier la permanence d'un emploi dramatique, reconnaître une allusion, apprécier la surprise dans le renouvellement d'une situation convenue ou identifier un air connu entonné sur la scène.

1. *« Aujourd'hui, ce qui ne vaut pas la peine d'être dit, on le chante » (Beaumarchais,* Le Barbier de Séville*)*

Le vaudeville, genre roi avant d'être détrôné par l'opérette, en appelle constamment à la mémoire musicale des spectateurs. Ces comédies sont en effet truffées de couplets, chantés sur des airs connus, souvent puisés dans les recueils des sociétés de chansonniers (le plus célèbre est *La Clef du caveau* et ses 2 350 airs) ou dans d'autres pièces en musique, vaudevilles ou opéras-comiques, contemporaines ou anciennes. Il s'agit certes d'une concession à la législation qui oblige les théâtres de vaudeville à entrecouper leurs pièces de chansons pour ne pas concurrencer les théâtres principaux où l'on parle intégralement (Comédie-Française, Odéon), où l'on chante continûment (Opéra, Théâtre-Italien). Mais le vaudeville convie ainsi les spectateurs à identifier un air, à se rappeler les paroles originelles sous les mots nouveaux chantés par les personnages, à percevoir l'intention ironique ou satirique dans cet écart signifiant ou dans l'association du timbre (l'air connu) et des mots. Dans *L'Affaire de la rue de Lourcine*, Lenglumé et Mistingue chantent à la scène 11 leur volonté d'échapper à leurs responsabilités criminelles et d'aller au loin faire cuire « le soulier du remords ». Or, l'air choisi (voir l'encadré p. 84) s'intitule « Le mariage à minuit » (l'*incipit* est « La cloche nous appelle ») et évoque selon les paroles originales un « hymen » dans la « sainte demeure » devant l'« autel de la Vierge » éclairé par le « flambeau de la nuit ». La très religieuse et chaste chanson de Plantade est détournée pour exprimer désormais un désir peu chrétien de fuir sa femme et sa conscience. Une certaine sociabilité est en jeu, fondée sur la participation des spectateurs à la création du sens et sur le partage d'un même répertoire musical — gigantesque si l'on se réfère au nombre de timbres différents mentionnés, au-dessus de leurs couplets, par le texte des vaudevilles. *L'Affaire de la rue de Lourcine* fait ainsi appel, le temps d'un seul acte, à neuf mélodies différentes, indiquées en quelques mots souvent trop allusifs pour permettre d'identifier un air sorti aujourd'hui des mémoires. Chaque théâtre avait à l'époque son orchestre et son chef, chargé d'arranger la musique ancienne sur les paroles nouvelles.

Ces couplets de vaudeville s'insèrent dans le dialogue parlé en fonction de leur nature et de leur fonction. On en distingue cinq : les couplets de situation font le point sur l'intrigue sans arrêter sa marche, les couplets de circonstance sont des morceaux de bravoure parfaitement gratuits, les couplets de facture délivrent en chanson des informations autrement fastidieuses à rapporter, les couplets d'annonce au public viennent clore la représentation et réclamer l'indulgence du public — « Tout finit par des chansons », comme à la fin du *Mariage de Figaro* de Beaumarchais. Quant aux couplets « au gros sel », ils valent pour leurs sous-entendus grivois. Tel est le cas de la chanson « darbo » entonnée par les deux anciens labadens aux scènes 18-19 de *L'Affaire de la rue de Lourcine*, où explose tout à coup, à la faveur du chant et du curaçao, l'expression d'une libido débridée : les deux compères se feraient volontiers les vendangeurs de « la vigne à Claudine ».

Après 1864, on assiste à la quasi-disparition des couplets de vaudeville : la liberté des théâtres permet de lever l'obligation d'entrecouper le texte par du chant ; le triomphe de l'opérette offre surtout un plaisir musical et parodique d'une tout autre richesse que ces simples fredons.

2. *Le plaisir de la connivence*

On a parfois recouru à la notion inventée par le poète et dramaturge Bertolt Brecht (1898-1956), anachronique pour le XIXe siècle, de « distanciation » pour caractériser l'effet produit par ces couplets. Il est vrai qu'ils empêchent l'identification aux personnages : ils rompent régulièrement l'illusion, distendent la trame de l'intrigue et en appellent à une attitude ludique du public. C'est également à cause de leur caractère incongru ou intempestif qu'ils finiront par être abandonnés. Mais ces couplets font du vaudeville un spectacle festif, dont la gratuité est soulignée : l'enjeu n'est ni la réflexion critique des spectateurs sur leur situation dans le monde, ni le déclenchement de quelque catharsis. La participation à la fête collective, fondée sur le partage et la connivence, l'emporte sur toute cérémonie théâtrale cherchant à transformer les mœurs et la société.

Cependant, le vaudeville goûté sur les boulevards parisiens nourrit l'intelligence critique et parodique. La pièce de Labiche peut être lue ou vue comme le miroir déformant de plusieurs autres, du répertoire classique ou de la scène contemporaine. Le titre originel, *Les Assassins de la charbonnière,* en appelle au souvenir d'autres spectacles comme *L'Assassin de Boyvin,* comédie-vaudeville de Delestre-Poirson (Gymnase-Dramatique, 1843), *La Charbonnière,* opéra-comique de Scribe (Opéra-Comique, 1845), *Le Massacre d'un innocent* (Variétés, 1855, avec le même acteur que dans le rôle de Lenglumé). Dans la production de Labiche, *L'Affaire de la rue de Lourcine* entre en résonance avec *Le Mystère de la rue Rousselet* (Vaudeville, 1861) ou *Un pied dans le crime* (Palais-Royal, 1866). Certaines répliques de Lenglumé sont souvent marquées par l'exagération mélodramatique, tournée en dérision, ou par le style ampoulé de la tragédie : « Malédiction ! », « nuit d'horreur ». Le vaudeville retrouve enfin le style héroï-comique lorsqu'il élève le crime imaginaire de Lenglumé, obsédé par les taches de charbon sur ses mains, aux dimensions d'une des plus célèbres tragédies de Shakespeare, *Macbeth* (1606). Pour apprécier ce jeu parodique sur fond d'humour noir, on pensera aux procédés similaires mis en jeu au cinéma dans *L'Auberge rouge,* avec Fernandel, en 1951.

Deux couplets de *L'Affaire de la rue de Lourcine*

Les mélodies ont été retrouvées à partir des indications données par la pièce[1]. La première est un air de Charles Plantade, intitulé « Le mariage à minuit ». La seconde est un air de Joseph-Denis Doche, extrait d'un vaudeville de 1806, *Voltaire chez Ninon.*

Scène 11, Lenglumé, Mistingue et Norine. Air : *La cloche nous appelle.*

Le mariage à minuit

Scène 14, Lenglumé et Potard. Air de *Voltaire chez Ninon.*

Voltaire chez Ninon

1. Avec la précieuse collaboration de Frédéric Bara.

Pour en savoir plus…

Sur le théâtre français au XIXe siècle

Patrick BERTHIER, *Le Théâtre au XIXe siècle*, PUF, « Que sais-je ? », 1984.

Anne-Simone DUFIEF, *Le Théâtre au XIXe siècle. Du romantisme au symbolisme*, Bréal, 2001.

Gérard GENGEMBRE, *Le Théâtre français au XIXe siècle (1789-1900)*, Armand Colin, 1999.

Florence NAUGRETTE, *Le Théâtre romantique. Histoire, écriture, mise en scène*, Seuil, 2001.

Nicole WILD, *Dictionnaire des théâtres parisiens au XIXe siècle. Les théâtres et la musique*, Aux Amateurs de livres, 1989.

Jean-Claude YON, *Eugène Scribe, la fortune et la liberté*, Nizet, 2000.

Sur l'histoire culturelle du Second Empire

Catherine NAUGRETTE-CHRISTOPHE, *Paris sous le Second Empire. Le théâtre et la ville*, Librairie Théâtrale, 1998.

Jean-Claude YON, *Jacques Offenbach*, Gallimard, 2000 ; *Le Second Empire. Politique, société, culture*, Armand Colin, 2004.

Sur le Boulevard du Crime

Olivier BARA (dir.), *Boulevard du Crime. Le temps des spectacles oculaires*, Revue *Orages. Littérature et culture, 1760-1830*, nº 4, mars 2005.

Pierre GASCAR, *Le Boulevard du Crime*, Hachette, 1980.

Jean-Marie THOMASSEAU, *Le Mélodrame*, PUF, « Que sais-je ? », 1984.

Genre et registre

Rire au vaudeville

UNE VINGTAINE D'ANNÉES avant la création de *L'Affaire de la rue de Lourcine*, l'écrivain Frédéric Soulié écrit dans *La Presse*, le 12 juillet 1836 : « Il en est du vaudeville comme des travaux publics depuis 1830 : il a pris un développement effrayant. On ne peut plus sortir de chez soi sans courir le risque de tomber dans un égout ou un théâtre de vaudevilles ; avec cette différence qu'une fois l'égout achevé, on le ferme, et qu'une fois le théâtre bâti, il reste ouvert. »

La condamnation morale et esthétique du vaudeville est récurrente au XIXe siècle, surtout chez les écrivains romantiques opposés à ce divertissement trop rapidement qualifié de « bourgeois ». Le vaudeville est-il vraiment l'égout de la littérature dramatique ? Une défense et illustration du genre qu'ennoblirent Eugène Scribe (1791-1861), Eugène Labiche (1815-1888) ou Georges Feydeau (1862-1921) est possible, à condition de le cerner dans son historicité et sa théâtralité, dans ses formes et son registre propres. Le vaudeville sera sauvé par le rire.

1.

Naissance et développement de l'« enfant du plaisir »

Dans cet extrait de l'*Art poétique* de Boileau (1674), le vaudeville est encore une chanson à visée souvent satirique qui circule à travers la ville, lancée par quelque chansonnier contre une cible politique ou morale :

> Le Français né malin, forma le Vaudeville,
> Agréable indiscret qui, conduit par le chant,
> Passe de bouche en bouche et s'accroît en marchant.
> La liberté française en ses vers se déploie :
> Cet enfant du plaisir veut naître dans la joie.

C'est au XVIIIe siècle, dans l'effervescence des spectacles de foire, que le vaudeville-chanson laisse place à une véritable pièce de théâtre. Celle-ci s'appellera dès lors « comédie en vaudeville » ou « comédie mêlée de couplets » (telle est la dénomination de *L'Affaire de la rue de Lourcine*), « comédie-vaudeville » ou « vaudeville » et gardera de ses origines la liberté et l'esprit malin.

1. *L'enfant des foires du XVIIIe siècle*

Le système des privilèges est à l'origine de l'apparition contingente de la « comédie en vaudeville » sur les foires commerciales Saint-Laurent et Saint-Germain à Paris, au début du XVIIIe siècle. Pour éviter toute concurrence entre les spectacles forains et les grands théâtres privilégiés, l'Opéra ou le Théâtre-

Français, le pouvoir avait interdit à la foire les pièces intégralement parlées ou totalement chantées. L'alternance entre texte et couplets (les fameux « vaudevilles ») devint ainsi le critère déterminant du genre, particulièrement bien représenté par des auteurs comme Alain-René Lesage (1668-1747) et Charles-Simon Favart (1710-1792).

Au fil du siècle, la comédie en vaudeville, qui recourt pour ses parties chantées à des airs connus appelés « timbres », entre directement en concurrence avec un autre genre, cultivé par les Comédiens-Italiens : la comédie mêlée d'ariettes, sur le modèle des intermèdes italiens, fondée sur une musique originale, qui éclipsa un temps le vaudeville. Il faut attendre la fin du XVIIIe siècle pour que les deux genres, cousins, se distinguent clairement : d'un côté, l'opéra-comique issu de la comédie en ariettes, avec alternance du parler et du chanter, et une musique originale ; de l'autre le vaudeville, parlé et chanté, mais sur une musique reprise et parodiée. En 1793, le Théâtre-Italien prend le nom d'Opéra-Comique. Un an plus tôt, en 1792, a ouvert le théâtre du Vaudeville : le genre aux origines foraines est institutionnalisé.

À la fin du XVIIIe siècle, l'appellation « vaudeville » recouvre une grande variété de sujets traités en toute liberté, tantôt sur le mode parodique, tantôt dans un esprit de sérieux : comédie villageoise, genre poissard, populaire et argotique, illustré par Jean-Joseph Vadé (1720-1757), comédie exotique, anecdote historique, comédie de mœurs, pièces de circonstance (composées pour accompagner un événement politique ou culturel). Seul le registre tragique et le genre larmoyant, que se partagent l'Opéra-Comique et le mélodrame, sont exclus. La marque distinctive du genre demeure formelle : la présence de couplets chantés sur des airs célèbres, à l'instar de « Bon voyage, monsieur Dumollet » dans les vaudevilles de Marc-Antoine Désaugiers (1772-1827). La complicité nouée par ce biais avec le public caractérise l'esprit joyeux et pétillant du vaudeville.

2. *Vers la maturité : Eugène Scribe et la « pièce bien faite »*

Au XIXe siècle, le vaudeville devient, quantitativement, le genre dramatique dominant la scène française et même les scènes internationales, où il s'exporte très bien. Le nombre de vaudevilles montés en France au cours du siècle s'élèverait à dix mille.

Ce spectacle bénéficie alors du travail mené par Eugène Scribe (1791-1861) à partir de la Restauration (1814-1830). Alors que le vaudeville reposait jusque-là sur une intrigue des plus minces, simple prétexte à filer une anecdote ou à enfiler des couplets, Scribe dote ce théâtre d'une charpente dramatique solide; il en fait l'héritier de la comédie d'intrigue illustrée avant lui par Beaumarchais (1732-1799). Exploitation méthodique du quiproquo, soin des préparations au premier acte, aménagement du suspens d'acte en acte : le vaudeville relève désormais de « la pièce bien faite » (expression du critique Francisque Sarcey), tirant avec logique et clarté les conséquences des événements et des caractères. « Le plan est tout, écrit Scribe en 1847, le reste n'est que l'accessoire ». La révolution du vaudeville a eu lieu.

En 1816, Scribe est encore le jeune auteur prometteur du théâtre des Variétés ou du Vaudeville, où il donne par exemple *Le Comte Ory*. En 1820, il devient l'auteur attitré du Gymnase-Dramatique, où il offre quelques chefs-d'œuvre du genre : *Le Charlatanisme, Le Mariage de raison, La Chatte métamorphosée en femme*. L'apport de Scribe consiste aussi à inscrire ses intrigues dans un cadre plus véridique que les univers de convention du vaudeville exotique ou pastoral du siècle précédent. Le salon bourgeois, la boutique parisienne, la mansarde d'artiste, l'intérieur d'une étude d'avoué, la loge du portier forment le cadre réaliste de petites études de caractères et de mœurs. Enfin, Scribe a épuré le vaudeville de tout sous-entendu obscène, de toute situation moralement scabreuse : le Gymnase-Dramatique est devenu avec lui un théâtre des familles, où une mère peut emmener sa fille sans craindre de la voir rougir. Sentimentalité et moralité s'immiscent dans la comédie-vaudeville. Celle-ci subit dès lors une réduction drastique de ses couplets, car les chansons venaient briser l'élan sentimental.

Sous la monarchie de Juillet (1830-1848), sans renoncer aux vaudevilles donnés au Gymnase, Scribe est surtout un librettiste fécond d'opéra et d'opéra-comique. Il s'élève aussi vers la grande comédie historique et politique avec *Bertrand et Raton* ou *Le Verre d'eau* au Théâtre-Français. Scribe met son art de l'intrigue au service de son scepticisme : l'histoire est faite par ceux qui savent tirer les marrons du feu, et les grands événements sont le fruit de toutes petites causes.

3. *Un sous-genre extravagant : la folie-vaudeville*

Comme son prédécesseur Scribe, Eugène Labiche (1815-1888) se montre soucieux, sous le Second Empire (1852-1870), d'atteindre la respectabilité littéraire et de dépasser ce genre bâtard du vaudeville, ni comédie à part entière, ni opéra. Labiche affichait du mépris pour ses propres petites pièces en un acte jouées au Palais-Royal (comme la nôtre) : de pauvres « turlupinades » selon ses termes. Le théâtre qui commande ces œuvrettes est accusé de ruiner ses prétentions à la haute comédie de mœurs : « Le théâtre du Palais-Royal m'aura fait bien du mal, il aura confisqué au profit de la farce les quelques éléments de comédie que je peux avoir dans la cervelle », écrit-il à son ami Alphonse Leveaux le 14 mai 1854.

Pourtant, les pièces en un acte de Labiche possèdent une puissance comique perdue dans les développements de la grande comédie. Une petite pièce comme *L'Affaire de la rue de Lourcine* relève d'un sous-genre du vaudeville : la folie-vaudeville ou la folie-parade, déjà illustrée en 1820 par une petite merveille bouffonne de Scribe, *L'Ours et le Pacha.* Une logique purement imaginaire, balayant une heure durant tout souci de vraisemblance, s'impose imperturbablement. L'enchaînement implacable des situations burlesques déclenchées par un quiproquo originel impose aux spectateurs les lois de la folie — logique de la déraison, ou raison du délire. Dans les actes uniques de Labiche, un dédoublement s'opère souvent entre les faits réels et les événements imaginaires : l'existence banale des bons bourgeois se voit d'un coup doublée par une existence seconde, monstrueuse. Il suffit dans *L'Affaire de la rue de Lourcine* d'un trou de mémoire pour que se déploie, à partir de cette « lacune », un monde autre, univers inconnu où l'honnête rentier se réveille avec un homme dans son lit, où le pot à tabac offert par son épouse recèle un bonnet de femme, où un parapluie à tête de singe devient l'arme d'un crime sordide.

Avec la même logique que dans son déploiement initial, l'intrigue reflue dès que le quiproquo initial est levé. Le vaudevilliste a soin de ne laisser aucun reste : tout s'explique, des traces de charbon sur les mains aux noyaux de cerise et de prune ou au soulier dans les poches. L'éventail de l'imaginaire se referme. L'homme trouvé dans l'alcôve est expulsé hors du lit conjugal. Lenglumé et Norine retrouvent les joies de la vie de couple et pourront baptiser leur joli petit filleul. Bref : des gens vraiment très bien dont la vie a simplement été traversée par le maelström de la folie-vaudeville…

4. *De Labiche à Feydeau : l'apogée du genre*

Les deux maîtres du genre vaudevillesque, Eugène Labiche et Georges Feydeau (1862-1921), sont fidèles à l'enseignement de Scribe : le plan avant tout. L'art de nouer et dénouer une intrigue doit prévaloir, chez Labiche, dans les pièces en un acte comme dans le « vaudeville-poursuite » *Un chapeau de paille d'Italie* (1851), ou encore dans ses comédies de facture plus classique comme *Célimare le bien-aimé* (1863). Il s'agit toujours de dérouler les conséquences d'une situation curieuse perturbant la vie ordinaire des personnages : un chapeau (de paille d'Italie) mangé par un cheval, par exemple. La vraisemblance n'a guère sa place dans l'enchaînement des circonstances où le hasard (rencontre fâcheuse ou quiproquo gênant) règne en maître, aux côtés de la nécessité logique des conséquences fatalement déduites. Toutefois, dans ses comédies plus ambitieuses, Labiche cherche à s'élever au-dessus de la comédie d'intrigue pour illustrer une idée morale. Dans *Le Voyage de M. Perrichon* (1860), le sens est résumé par cette réplique : « Je vous ai sauvé la vie, je ne l'oublierai jamais » ; on aime autrui non pour les services qu'il nous a rendus, mais pour ceux que nous-même lui avons rendus — manière de s'aimer à travers l'autre, CQFD.

À la suite de Labiche, Georges Feydeau perfectionne encore le genre du vaudeville structuré, qu'il déroule en trois actes. Il s'inspire des deux vaudevillistes Henri Meilhac et Ludovic Halévy (également librettistes de Jacques Offenbach) pour la drôlerie et l'alacrité de leurs dialogues. Mais il va plus loin encore que ses prédécesseurs dans la complexification de l'intrigue, désormais tressée avec trois ou quatre fils, sans que l'unité d'action éclate comme dans un simple vaudeville « à tiroirs ». Dans *Un fil à la patte* ou *La Puce à l'oreille*, le mécanisme de précision naît de l'attention minutieuse aux plus petits détails chargés de préparer péripéties, retournements et dénouements. Objets scéniques, jeux de scène, tout est prévu dans des didascalies envahissantes. Une nouvelle fois, l'art du vaudeville réside dans la délicate articulation de l'extravagance des situations et de la logique de l'intrigue.

Jalons pour une histoire du vaudeville

1713	Alain-René Lesage : *Arlequin, roi de Sérendib.*
1741	Charles-Simon Favart : *La Chercheuse d'esprit.*
1753	Jean-Joseph Vadé : *Les Troqueurs.*
1812	Marc-Antoine Désaugiers : *Le Mariage de Dumollet.*
1820	Eugène Scribe : *L'Ours et le Pacha.*
1825	Eugène Scribe : *Le Charlatanisme.*
1851	Eugène Labiche : *Un chapeau de paille d'Italie.*
1863	Henri Meilhac et Ludovic Halévy : *Le Brésilien.*
1894	Georges Feydeau : *Un fil à la patte.*
1907	Georges Feydeau : *La Puce à l'oreille.*

2.

Ressorts comiques de la « bête à mille pattes »

Pour Labiche, une pièce est « une bête à mille pattes qui doit toujours être en route » sous peine d'ennuyer le public (lettre au dramaturge et critique Abraham Dreyfus). Le vaudeville est d'abord un art du mouvement, fondé sur une mécanique dont il s'agit désormais de démonter quelques rouages.

1. *Des marionnettes humaines*

Un dramaturge du début du XIXe siècle, Louis Picard (1769-1828), a développé une théorie mécaniste de l'écriture comique, illustrée dans ses propres pièces, *Les Marionnettes* (1806) et *Les Ricochets* (1807) :

« Le théâtre doit être l'image de la vie, et la vie, qu'est-ce autre chose qu'une suite de ricochets qui se croisent et se dérangent au milieu des marionnettes humaines ? » Picard, qui annonce ainsi l'essentiel de la production comique à venir, est l'un des rares théoriciens de la comédie.

Il faut attendre les dernières années du siècle pour voir non plus un dramaturge mais un philosophe, Henri Bergson (1859-1941), étudier la source du rire et se pencher pour cela sur le répertoire de Labiche. Dans *Le Rire*, en 1899, le philosophe de l'intuition créatrice, auteur de *La Pensée et le mouvant*, décrit le processus comique : il consiste à ridiculiser tout ce qui contrevient à l'élan créateur qu'est la vie. Le rire naît de la vision distanciée du « mécanique plaqué sur du vivant ». Un lapsus, une chute, une répétition obsessionnelle : autant de signes risibles et inquiétants de la mécanisation de la vie. Le rire surgit comme une défense chaque fois que le personnage menace de se chosifier, de devenir automate, de s'enfermer dans une logique incompatible avec le jaillissement créateur de la vie. Le spectateur nourrit un sentiment de supériorité par rapport à ces personnages dévitalisés, figés dans leurs obsessions maniaques. Ils ne sont plus que des caractères, c'est-à-dire, selon Bergson, « ce qu'il y a de tout fait dans notre personne, ce qui est en nous à l'état de mécanisme une fois monté, capable de fonctionner automatiquement ».

L'onomastique (la formation des noms propres) prépare cette assimilation des personnages de Labiche à des marionnettes : « Lenglumé » annonce l'absurdité de cet antihéros, englué dans une situation née de sa seule imagination, trahissant dans ses faits et gestes le poids énorme d'une mauvaise conscience qui pèse sur lui comme une enclume. Les bégayantes déclarations d'affection de Norine envers son « seul parent du côté des Frottemouillard » assimilent aussi le personnage féminin, menacé de psittacisme (*psittakos* : perroquet, en grec), à une machine — à paroles. Mais ces automates sont toujours en mouvement, vont et viennent, ouvrent et ferment les quatre portes du décor, déplacent les objets, les cachent, les retrouvent, se poursuivent, s'agressent, se réconcilient. Le resserrement spatio-temporel de l'acte unique favorise la folle accélération du tempo, la mise en branle d'un mouvement perpétuel.

Labiche au cinéma

La composition rythmique des comédies de Labiche, son mouvement porté par des personnages-marionnettes vouaient ce théâtre à un devenir cinématographique au temps du muet.
L'Affaire de la rue de Lourcine, avec Maurice Chevalier ; réalisation : Henri Diamant-Berger (1923).
Un chapeau de paille d'Italie, réalisation : René Clair (1927).
Les Deux Timides, réalisation : René Clair (1928).

2. *La part du corps : le burlesque*

Ces gestes doivent être incarnés et mis en rythme selon les indications des didascalies ou les libres suggestions des points de suspension qui scandent le texte théâtral. Le rire déclenché par une comédie-vaudeville de Labiche est inséparable du corps, de la figure et de la voix des acteurs pour lesquels les rôles ont été écrits sur mesure. Ces derniers assurent la part du burlesque : du comique fondé sur la dégradation et la chute grotesques. Le personnage de Lenglumé est spécialement taillé pour l'acteur vedette du Palais-Royal, Étienne Arnal : « Une pièce faite pour Arnal et jouée par un autre que lui, ne ressemble plus à elle-même [...] c'est un habit d'Arlequin qui n'est pas habité ; l'éclat des couleurs est le même, mais où est le corps qui les faisait valoir ? » note le critique Alfred Asseline dans *Le Mousquetaire* du 21 février 1854. Niais ahuri ou fou excentrique, mais toujours impassible — comme le futur Buster Keaton au cinéma —, Arnal affiche, selon le même critique « sa verve tranquille, son humour plein d'inattendu, et cette gaieté éternelle sur ce visage triste ! (car Arnal est le seul qui trouve le secret de ne pas rire quand la salle entière se pâme). »

Un effet comique produit par la pièce jouée au Palais-Royal, effet à peu près illisible dans le texte, tenait au jeu particulier d'Octave (de son vrai nom Alexandre-Edme Guillier) dans le rôle de Justin : l'acteur, engagé comme utilité dans ce théâtre, y obtenait du succès en imitant son collègue Arnal. Le domestique doit, dans *L'Affaire de la rue de Lourcine*, apparaître comme le singe de son maître, ce qui explique sans doute sa propension à inverser les rôles et à donner des ordres à Norine (« C'est bien... posez ça là ! », scène 1). Cette dernière était interprétée à l'origine par Mme Thierret (Félicia Georgin), dont la fortune théâtrale était fondée sur un tour de taille et de poitrine qui, assorti de son allure hommasse, la prédisposaient aux emplois de duègne comique et de virago du foyer. Il faut aussi se souvenir que le créateur du rôle de Potard, Henry Pellerin, excellait dans les rôles de personnages bourrus, pour saisir la promptitude avec laquelle Lenglumé voit en lui un inquiétant maître-chanteur. Enfin, une bonne partie de l'hilarité déclenchée par Mistingue tenait à l'immensité de l'appendice nasal qu'arborait le comédien Louis Hyacinthe, dont la physionomie burlesque suscitait à la moindre apparition le fou rire de la salle.

3. On dira des bêtises : *la langue dans tous ses états*

Misant sur la physionomie grotesque de ses comédiens comme sur le mouvement de ses intrigues, Labiche se rendit compte bien tardivement que son théâtre, y compris ses petites pièces en un acte, pouvait être donné à lire « dans un fauteuil ». Avant l'édition de son *Théâtre complet* (ne retenant en fait que cinquante-sept titres) en 1878 et 1879, la publication de ses pièces servait d'abord à assurer leur reprise et leur circulation en province. Dans sa préface à l'édition de 1878, le dramaturge Émile Augier (1820-1889) avoue qu'il n'avait jamais lu les pièces de Labiche, inséparables pour lui du « jeu abracadabrant » des acteurs en scène. Il reconnaît désormais : « Le théâtre de Labiche gagne cent pour cent à la lecture ; le côté burlesque rentre dans l'ombre et le côté comique sort en pleine lumière ; ce n'est plus le rire nerveux et grimaçant d'une bouche chatouillée par une barbe de plume ; c'est le rire large et épanoui où la raison fait la basse. » La lecture fait surtout jaillir l'inventivité verbale du vaudevilliste.

Le titre d'une comédie de Labiche donnée aux Variétés en 1853 annonce le programme : *On dira des bêtises.* Labiche exploite les ressources sémantiques et sonores du français parlé par les bourgeois de 1850. Loin de la correction laborieuse et artificielle donnée à leurs comédies sociales et moralisantes par ses contemporains Émile Augier et Alexandre Dumas fils (1824-1895), Labiche fait son miel littéraire de toutes les fleurs sauvages de la rhétorique quotidienne du boulevard. À Augier qui lui conseillait de prendre au sérieux ses œuvres et de les éditer avec soin, Labiche aurait répondu : « La grammaire et la syntaxe m'intenteraient un procès en dommages-intérêts pour viol. »

Dans *L'Affaire de la rue de Lourcine,* le vaudevilliste nourrit ses dialogues de formules argotiques (« dans les brindezingues », scène 4), de néologismes (« chatricide », scène 21), d'aphérèses (effacement de la première syllabe d'un mot : « Cré rhume ! » scène 1, « Pristi » scène 2), d'interjections (« et v'lan », « Hein ? », « Ho ! », « Ha ! », etc.), d'onomatopées (« Coui ! coui ! », « Couic ! », « Couac ! », scène 19), de diminutifs hypocoristiques (le surnom affectueux « ma louloute », scène 7). Le langage devient matière sonore, drolatique ou incongrue. Labiche enrichit en passant la langue française de mots nouveaux, comme le désormais fameux « labadens », pour désigner un ancien camarade. De manière générale, le dialogue préfère à la syntaxe policée de l'écrit les tournures orales dans leurs pesantes redondances (« il est fermé, l'Odéon ») ou leurs paresseuses élisions (« Madame, faut que je brosse les habits »). Chaque personnage est habité par la langue de son milieu, soumis aux automatismes de la parole commune, traversé par les mots.

Les dérapages inattendus et les chocs verbaux

menacent alors à tout moment de violenter la raison : les personnages glissent du coq-à-l'âne (« C'est affreux !... Je reprendrai de l'omelette ! ») aux associations de mots et d'idées les plus illogiques (« Que cette femme est romanesque pour son embonpoint »). Le non-sens est souvent proche : « Je cours à la préfecture demander un passeport... et, dans un quart d'heure, je serai en Amérique », « Moi aussi... j'ai sa crampe ! ». L'absurdité de certaines répliques proches du lapsus (révélateur de l'inconscient, dira bientôt le docteur Freud) jette un éclairage brutal sur la face cachée des personnages enfermés dans la logique de leur égoïsme : « Je ne veux plus tuer de charbonnière, c'est trop salissant ! » Le double sens des formules révèle volontiers quelque pulsion meurtrière : « Ce garçon-là finira mal ! » menace Lenglumé, prêt à asphyxier son seul parent du côté des Frottemouillard.

4. *Labiche, moraliste ou rieur ?*

Chaque personnage de Labiche est un nouvel avatar du bourgeois, saisi dans son milieu quotidien sans grandeur ni poésie. Faut-il pour autant suivre l'interprétation ouverte par l'écrivain surréaliste Philippe Soupault en 1945 ? Ce dernier, dans un texte qui contribua à faire redécouvrir ce répertoire, a fait du bourgeois Labiche le féroce dénonciateur de l'égoïsme bourgeois du Second Empire. Le dramaturge aurait mis au jour l'atrocité de l'avarice et de l'égoïsme d'une classe sociale alors en pleine expansion. À rebours de cette lecture, on peut voir dans le bourgeois de Labiche non pas une réalité sociologique historiquement déterminée, mais un type universel aux ressources plastiques inépuisables. C'est le philistin, l'homme du bon sens et de la conservation des acquis, héros de la mesure et porte-parole de la médiocrité, à l'instar du Monsieur Prudhomme, type créé à la même époque par Henry Monnier (1799-1877). Face au bourgeois, Labiche refuse toutefois de se faire satiriste ou moralisateur : il lui manque pour cela à la fois la méchanceté et l'optimisme. Son œil est celui d'un témoin désabusé mais amusé, scrutant et exploitant sans fin cette « perle de bêtise qu'on peut monter de toutes les façons. Il n'a pas de grands vices, il n'a que des défauts, des travers, mais au fond il est bon, et cette bonté permet de rester dans la note gaie » (lettre à Léopold Lacour, 27 octobre 1880). Le bourgeois n'est-il pas surtout un sujet de théâtre privilégié ? Être de l'apparence, du mensonge et de l'hypocrisie, il est constamment menacé de voir sa part d'ombre révélée par le premier lapsus ou le premier quiproquo venus. Qui mise sur le paraître court le risque de se voir trahi par le miroir de la comédie.

Pourtant, en deçà ou au-delà du jeu grotesque, de l'exploration loufoque du langage, du tournoiement des rouages vaudevillesques, une part comique demeure irréductible à l'explication. Le rire ne se laisse pas entièrement apprivoiser par l'analyse, ni justifier par son efficacité, ni récupérer par les traditions comiques. Un rire panique ou protecteur surgit aussi des espaces imaginaires entrouverts, parfois à son corps défendant, par la cruauté de Labiche : rêverie sur la réversibilité des apparences morales, digression absurde sur la folie humaine, éclairage furtif porté sur quelque chose en l'homme d'inavouable.

Pour prolonger la réflexion

Sur le comique et la comédie

Henri BERGSON, *Le Rire. Essai sur la signification du comique,* PUF, (1899), 1956.

Michel CORVIN, *Lire la comédie,* Dunod, 1994.

Jean SAREIL, *L'Écriture comique,* PUF, 1984.

Sur le vaudeville

Henri GIDEL, *Le Vaudeville,* Paris, PUF, coll. « Que sais-je ? », 1986 ; et *Le Vaudeville,* revue *Europe,* n° 786, octobre 1994.

Sur les acteurs

Henry LYONNET, *Dictionnaire des comédiens français,* Slatkine, 1969, 2 vol.

Sur l'écriture comique de Labiche

Jacqueline AUTRUSSEAU, *Labiche et son théâtre,* L'Arche, 1971.

François CAVAIGNAC, *Eugène Labiche ou la gaieté critique,* préface de Jean-Claude Yon, L'Harmattan, 2003.

Philippe SOUPAULT, *Labiche, sa vie, son œuvre,* Mercure de France, 1964 (1re éd. Sagittaire, 1945).

L'écrivain à sa table de travail

Du manuscrit de censure à la pièce imprimée

« JE CRAINS LA CENSURE [...]. Les censeurs forts de leur omnipotence deviennent tyranniques et intolérables. En France, c'est toujours comme cela. On donne la force au pouvoir et aussitôt il prend l'abus. » Dans cette lettre à son ami Alphonse Leveaux datée du 4 octobre 1852, Labiche, pourtant rallié au pouvoir autoritaire de Louis-Napoléon Bonaparte, prend ses distances avec une décision politique brûlante : le rétablissement de la censure préventive pour toute pièce reçue dans un théâtre.

Quatre ans plus tôt, la révolution de 1848 avait entraîné l'abrogation de la loi du 9 septembre 1835 qui imposait une autorisation préalable pour toute pièce jouée dans un théâtre. Victor Hugo (1802-1885), Théophile Gautier (1811-1872) ou Alexandre Dumas (1802-1870) avaient été les plus fervents opposants à cette censure politique et morale. Sous la IIe République, la liberté au théâtre ne dura que deux ans. Une nouvelle « loi sur la police des théâtres » fut votée le 30 juillet 1850 : « Aucun ouvrage dramatique ne pourra être présenté sans l'autorisation préalable du ministère de l'Intérieur, à Paris, et du préfet dans les départements. » Cette loi devint définitive sous le Second Empire, après un décret spécial signé le 30 décembre 1852. Lorsqu'en 1864 la loi accorda la liberté industrielle aux entreprises théâtrales (l'ouverture d'un théâtre dépendait auparavant d'un privilège accordé par le pouvoir), la censure fut maintenue, tant étaient grandes la peur de la liberté et la méfiance face à ces lieux d'agitation potentielle qu'étaient les salles de spectacle.

Sous le Second Empire, les censeurs s'attaquent particulièrement à trois tendances jugées périlleuses pour l'ordre public : la représentation de l'antagonisme des classes sociales, les attaques contre les principes d'autorité (religion, famille, magistrature, armée), la peinture des « mauvaises » mœurs. Le théâtre devait être un lieu de paisible distraction et non un espace de débats sociaux ou politiques. Cette situation dura globalement jusqu'au 17 avril 1906, lorsque furent supprimés les crédits alloués à la censure théâtrale.

1.

Le couperet des censeurs

1. *Mise en examen*

Le règne de la censure préventive au XIXe siècle est une aubaine pour les historiens de la scène : un manuscrit de chaque pièce jouée ou reçue dans un théâtre a été conservé dans les cartons du ministère de l'Intérieur, des Beaux-Arts ou de l'Instruction publique. Ces manuscrits, ainsi que les rapports des censeurs, sont consultables aujourd'hui aux Archives nationales, à Paris.

Le manuscrit de la pièce a été envoyé au ministère le 17 janvier 1857, deux mois avant la première représentation. Certes, il n'est pas autographe : il a sans doute été rédigé par le régisseur général du théâtre du Palais-Royal qui y appose sa signature, Coupart. Néanmoins, ce texte est très riche d'enseignements tant il diffère du texte imprimé, d'abord édité chez Michel Lévy frères en 1857, puis repris dans les éditions du *Théâtre* de Labiche. Une première différence saute aux yeux : le titre que nous connaissons, *L'Affaire de la rue de L'Oursine* [*sic*], est ajouté à côté d'un titre originel, biffé : *Les Assassins de la charbonnière.* La rue de Lourcine n'est jamais mentionnée dans le manuscrit : l'assassinat a eu lieu près de l'obélisque de Louqsor, sur la place de la Concorde. L'explication de ce changement se trouve à la fin du rapport de censure : « Nous proposons l'autorisation de la pièce dont le titre primitif, qui ne nous paraissait pas admissible, a été remplacé par celui de : *L'Affaire de la rue de Lourcine.* » L'effacement d'un premier titre trop cru est révélateur ; il éclaire pour l'essentiel les modifications introduites par Labiche et ses deux collaborateurs sur la première version de leur pièce : la violence initiale, dans les propos et les gestes de Lenglumé, obsédé par l'idée du crime, a été largement atténuée dans la version autorisée. Cette dernière ne rend compte que de façon lointaine des pulsions meurtrières que le texte original s'appliquait à dévoiler chez ce bon bourgeois de la rue de Provence, jeune papa tranquille et juste un peu fêtard.

2. *Chefs d'accusation*

Les censeurs, au nom de la « bienséance », condamnent le ressort comique essentiel de la pièce : « une méprise qui a pour objet de promener la pensée sur une série de crimes abominables, quoiqu'imaginaires, nous semble un procédé regrettable ». Aussi est-il instamment demandé au directeur du théâtre du Palais-Royal d'imposer des modifications aux auteurs. Celles-ci portent globalement sur trois points. Aux yeux des censeurs, il est « inadmissible » :

1. Que Lenglumé, de propos délibéré, fasse asphyxier un témoin qu'il redoute et qui n'en réchappe que par une circonstance indépendante de la volonté de Lenglumé.

2. Que, croyant assassiner son domestique dont il craint l'indiscrétion, il aille égorger par erreur une autre victime que l'on ne sait que plus tard être le chat de la maison.

3. Enfin, qu'il cherche à se défaire de son complice Mistingue qui songe, de son côté, à employer le même procédé.

Passe encore que Lenglumé s'imagine être un criminel, mais qu'il se transforme réellement en assassin sous les yeux des spectateurs, voilà qui rompt avec le protocole comique du vaudeville — les meurtres, joués en coulisse, fussent-ils tous manqués. La révélation par le biais de l'humour noir d'une double personnalité inquiétante, la manifestation d'un fond obscur et d'une conscience trouble chez un personnage familier ne relèvent plus du divertissement de bonne compagnie. Le rire, quand il est mêlé de fascination et d'effroi, possède une puissance d'ébranlement propre à effrayer tous les gardiens de la morale et de la bonne conscience.

2.

L'atténuation de la violence

1. *De l'intention criminelle...*

Les différences majeures entre le manuscrit déposé à la censure et le texte de la pièce imprimée concernent les scènes 15 à 19. Le texte originel suit la métamorphose de Lenglumé en authentique assassin, délibérément lancé sur la pente du crime. Au début de la scène 15 de la version définitive, il ne fait encore qu'effleurer l'idée du meurtre : « Dire que, si je pouvais fermer la bouche à cet homme, tout serait fini !... » Il en va tout autrement dans la version initiale où Lenglumé « *prend un grand couteau sur la table et le repasse sur sa main* » en s'écriant : « Oh !... je deviens fou !... je deviens féroce !... » De même, lorsque Justin amène le réchaud à charbon dans la bibliothèque, Lenglumé se contente de le laisser faire, sur le texte final, tout heureux de l'aubaine : le dangereux témoin qu'est Potard sera accidentellement asphyxié. Dans le texte manuscrit, Lenglumé commence par souligner sa parfaite innocence dans ce nouveau crime : « [...] après ça, je n'y suis pour rien !... mon papier est humide, je le fais sécher !... Pourquoi ce monsieur vient-il se fourrer là ?... » Mais il seconde activement le hasard en calfeutrant la porte avec un torchon :

> (*Regardant le bas de la porte*) Sapristi !... il passe bien de l'air là-dedans. Mon papier ne séchera jamais...

> il me faudrait quelque chose pour tamponner... ah !... un torchon !... à la cuisine... (*sortant*) Je n'y suis pour rien.

La version finale de la pièce a ôté à Lenglumé toute forme d'intentionnalité dans ce premier crime — un malheureux accident dont il est tout au plus responsable.

2. ... *aux passages à l'acte*

Si la scène 15 fixe le sort de Potard, la scène suivante règle son compte à l'autre témoin gênant, Justin. Dans la version imprimée, Lenglumé n'indique ses intentions meurtrières que de façon allusive : il sort « casser du sucre... avec ce brave Justin ! ». Le manuscrit cultive sans distance le registre de l'explicite. Lenglumé, invitant le valet à passer dans la pièce d'à côté, s'empare du grand couteau déjà caressé avant d'aller le rejoindre : « Il n'y a pas à hésiter... ça fera deux !... oh ! le crime, une fois qu'on y est !... » Et il entre dans la chambre du crime en s'exclamant « *tragiquement* » : « *Alea jacta est !!!* » Le ton parodique est le seul effet d'atténuation esquissé.

La scène 18, sur le texte imprimé, est ouverte par un monologue de Lenglumé, en proie au remords. Le manuscrit le montre beaucoup plus froid et calculateur. Sans avoir besoin de vider deux verres de curaçao pour reprendre ses esprits, il s'exclame simplement « Et de deux ! » avant de se demander comment se débarrasser des cadavres : « Où vais-je les mettre maintenant ? je ne peux pas garder ça... moi ! un homme rangé ! » Sans l'excuse de l'ébriété, il passe enfin à son troisième meurtre : celui de Mistingue. Ici encore, l'expression de la violence est directe sur le manuscrit. Les didascalies suggèrent un affrontement physique entre les deux camarades, lorsque Mistingue déclare vouloir « faire des révélations » à « M. le Maire » : Lenglumé le repousse et lui barre le passage. Surtout, les instruments du crime brandis par Lenglumé et Mistingue dans leur confrontation finale n'ont pas la dimension burlesque de la « grande cuiller à potage » et de la « bûche » mentionnées sur le texte imprimé. Il ne s'agit pas, initialement, de s'assommer l'un l'autre avec des armes improvisées, mais de se poignarder mutuellement. Tandis que l'un prend « *le grand couteau* » qu'il repasse sur sa main, l'autre à son tour « *tire un grand couteau de sa poche et le repasse sur sa main* ». Le crescendo est beaucoup plus net, et mène plus loin dans la logique criminelle, dans cette première version. Dernière atténuation : la chatte Moumoute, seule victime réelle au milieu des crimes imaginaires ou avortés, est retrouvée « baignée dans son sang » selon le manuscrit ; elle est « sans connaissance » dans le texte imprimé...

3. *Glissez, mortels...*

Le manuscrit présente aussi quelques variantes dans le texte des airs chantés ou le choix des timbres. Ces changements correspondent souvent à la recherche d'une meilleure adéquation entre paroles, musique et situation dramatique. C'est le cas de l'air entonné à la scène 11, dont les paroles originelles, bien plates, ne serraient pas d'assez près la situation des personnages : « Allons, cours tout de suite, / Mettre ton frais chapeau / Et reviens vite / Dieu ! que tu seras beau », chantait Norine.

D'autres modifications contribuent à alléger le poids du crime. Dans la version définitive de la pièce, la mauvaise conscience des personnages est évoquée à travers l'air entonné à la fin de la scène 8 pour accompagner le nettoyage des mains : « La conscience, ami, ça n'se voit pas ! » Ce constat d'un parfait cynisme est établi, sur le manuscrit, non pas avec la légèreté d'un couplet chanté mais avec la gravité requise par une réplique parlée : « Et notre conscience, qui la lavera ? » s'inquiétait Lenglumé ; « Oh ! la conscience ?... ça ne se voit pas... et avec beaucoup de savon noir... » répondait Mistingue. Tous deux entonnent alors un air très court, fondé sur un refrain connu du *Maçon*, opéra-comique d'Auber (1782-1871) : « Oui frottons / Relavons / Et nous nous blanchirons / Dépêchons / Relavons / Et nous nous blanchirons. » Dans la version finale, cette opération de blanchiment des mains et de la conscience est développée musicalement par l'air « Lavons nos mains ». L'expression du remords se trouve en partie désamorcée par la chansonnette. Son transfert dans la sphère musicale permet de ne pas s'appesantir sur la conscience des personnages, vidés de toute vie intérieure. La logique de réécriture correspond bien à l'adage : « Glissez, mortels, n'appuyez pas. »

Le recours aux vertus édulcorantes de la chanson se retrouve dans la modification du chœur final. Initialement, l'air était emprunté à *La Dame blanche*, célèbre opéra-comique de François-Adrien Boieldieu (1775-1834) où il est également question d'un baptême. Les paroles du manuscrit sont particulièrement insipides et parfaitement interchangeables : « Partons, partons, au plaisir qu'on s'apprête (*bis*) /

Car un baptême est une fête. / Pour les parents, pour les amis / Tous les amis sont réunis ! » Le chœur final tel qu'il a été réécrit pour la version définitive est bien plus décisif du point de vue du sens et de l'efficacité du spectacle. D'une part, les paroles du chœur (« Nous en voilà quittes, / Enfin, pour la peur ! ») assimilent la comédie-vaudeville de Labiche au genre du proverbe dramatique, petite pièce illustrant un proverbe, énoncé à la fin. Un proverbe dramatique d'Alfred de Vigny, écrit en 1833, porte d'ailleurs ce titre : *Quitte pour la peur.* Toute la pièce prend ainsi l'allure d'une parodie et d'une parabole : le sens premier, qui avait tant déplu à la censure, est évacué au profit du simple jeu d'allusion littéraire et de l'ambition morale affichée *in fine.* D'autre part, l'adresse au public que constitue le couplet chanté par Lenglumé rompt pour les spectateurs le protocole de l'illusion ou de l'identification : tout n'était destiné qu'à « vous faire rire », déclare le personnage chantant, tourné vers la salle. Le jeu de mots judiciaire sur la « circonstance atténuante » achève de désamorcer dans un grand éclat de rire toute la charge satirique d'une comédie pourtant bien noire.

3.

Derniers réglages comiques

D'autres différences manifestes entre le manuscrit de censure et le texte imprimé ne relèvent plus de la correction morale. Elles témoignent de l'évolution nécessaire du texte de théâtre entre l'écriture pour une scène virtuelle et les répétitions, première confrontation avec la réalité du jeu et de la scène, avec les contraintes de l'espace et du temps. Cette machine à produire le rire qu'est une comédie-vaudeville subit quelques réglages de haute précision. Par exemple, l'entrée en scène de Justin, au lever de rideau, donnait lieu sur le manuscrit à un long monologue qui regroupait la courte réplique initiale et la tirade qui clôt la scène 1 du texte imprimé. À l'évidence, les auteurs ont préféré adopter d'emblée un rythme enlevé, pariant sur la vivacité du dialogue : l'éternuement de Justin motive désormais l'entrée en scène de Norine et le premier échange entre la maîtresse de maison et le valet. Quant à l'étonnement exprimé par le valet face au dédoublement des « hardes » de « Monsieur », il est repoussé en fin de scène pour mieux retarder l'exposition du mystère.

Quelques accessoires comiques ont disparu du texte imprimé. Le comique reposait initialement sur la prolifération anarchique des objets, équivalent visuel de toutes ces chimères criminelles enfantées par l'imagination galopante des personnages. Lenglumé et Mistingue arboraient chacun, lors de leur première apparition dans l'alcôve (scènes 2 et 4), un bonnet de nuit ridicule, lequel reparaissait sur la tête de Mistingue à la dernière scène. Lenglumé découvrait deux montres sur sa table de nuit et commentait : « mon oignon a fait des petits » (un oignon est une montre à gousset). Le texte final a opéré une sélection drastique des accessoires, comme pour concentrer le jeu théâtral autour de quelques objets récurrents, tel le pot à tabac offert par Norine puis utilisé par Lenglumé comme cachette pour le bonnet de la « victime ». Dans la version imprimée, le vieux journal de 1837 enveloppe ce pot à tabac, qui fait office de papier cadeau. Sur le texte manuscrit, Justin allait simplement chercher ce journal « sous le coussin d'une bergère » : il manquait alors un chaînon dans la logique du quiproquo. Désormais, le cadeau de Norine à son époux, annoncé dès les premières répliques, devient le déclencheur de toute l'action. Celle-ci naît de l'intrusion dans l'appartement d'un objet nouveau, un pot à tabac américain entouré d'un journal vieux de vingt ans. Le cadeau de l'épouse suffit à mettre en péril l'univers quotidien du couple, comme s'il était hanté par un mystérieux passé englouti, soudainement remonté à la surface.

Cette concentration du jeu sur quelques objets est compensée par la multiplication des jeux de mots. La blague de potache sur les deux Horace, Coclès et Flaccus (scène 4), le quiproquo sur le mot « chef » (« Chef d'une famille nombreuse ? », demande naïvement Lenglumé) constituent des ajouts tardifs, absents du manuscrit. À la scène 14, l'interprétation graveleuse de Potard à propos de l'« autre » femme évoquée par Lenglumé — qui pense à la charbonnière assassinée et non à quelque maîtresse — vient également corser l'échange sur le texte imprimé. Le dernier ajustement des auteurs consiste à ponctuer le dialogue, à intervalles réguliers, de ces mots à double entente : toujours en alerte, le spectateur doit participer à la réversibilité ou au dédoublement de toute signification. L'instabilité du sens d'où procède le rire du vaudeville naît de la plus grande fermeté du dessein comique.

Pour prolonger la réflexion

Odile KRAKOVICH, *Hugo censuré. La liberté au théâtre au XIXe siècle*, Calmann-Lévy, 1985.

Groupement de textes

L'assassin face à sa conscience

LA COMÉDIE DE LABICHE repose sur un grand vide, béant comme la « lacune » dans la mémoire de Lenglumé : l'assassinat de la charbonnière a bien eu lieu, mais le fait divers est vieux de vingt ans ; Lenglumé et Mistingue sortent bien d'une nuit de beuverie, mais ils sont parfaitement innocents de tout crime. Beaucoup de bruit pour rien : tel pourrait être le sous-titre de la pièce. Grâce à ce scénario comique, Labiche livre ses personnages, le temps d'un quiproquo, aux affres de la mauvaise conscience. L'humour noir se fait grinçant lorsque les deux personnages, dont les remords sont effacés à grand renfort de savonnette, manifestent leur aisance à faire taire tout scrupule comme à réduire au silence les témoins de leur crime imaginaire.

Dans le vide sur lequel s'élabore l'intrigue s'engouffrent l'imagination des personnages et l'écriture parodique du dramaturge : Lenglumé voit reparaître les traces de charbon sur ses mains, « comme la tache de sang de Macbeth » (scène 10), Mistingue évoque, en style mélodramatique, « le soulier du remords », tandis que Lenglumé se livre, sur les trémolos de l'orchestre et en style haletant, à un véritable monologue de mélodrame (scène 18). La comédie est tissée de souvenirs dramatiques comme elle bruisse d'échos culturels (Horatius Flaccus, scène 4) ou de souvenirs de poésies scolaires (la charbonnière « moissonnée à la fleur de l'âge », scène 8). Le vaudeville se lit comme un immense palimpseste, texte sur lequel d'autres textes sont réécrits, théâtre nourri de théâtre, fécondé par d'autres vaudevilles, par des pièces contemporaines comme par le répertoire classique.

L'Affaire de la rue de Lourcine peut se lire comme une variation fantaisiste autour d'un scénario tragique canonique : le héros, frappé dans sa démesure criminelle, puni pour avoir outrepassé les lois de la nature et violé les tabous de la civilisation, est livré aux brûlures du remords ou aux tortures des divinités de la vengeance. La tragédie mobilise alors les vertus du symbole ou de l'allégorie pour figurer, dans les mots et les gestes, les tortures de la conscience. Lenglumé, obsédé par la propreté de ses mains, est ainsi la version masculine et burlesque de la Lady Macbeth shakespearienne. Il figure aussi un nouvel Oreste, Oreste au petit pied, parent des Frottemouillard, ami, non pas de Pylade, mais de Mistingue, et assassin, non pas de Pyrrhus, mais du chat Moumoute. Les deux premiers extraits du groupement de textes explorent cette culture théâtrale classique recyclée par Labiche.

La réécriture de la tragédie en vaudeville relève de la dégradation burlesque. Avec le mélodrame qui lui est contemporain, le registre est celui de la parodie. En effet, le mélodrame social, dont un échantillon est donné avec le troisième texte du groupement, exploite depuis la monarchie de Juillet les mystères du vieux Paris, ceux du « Pont-Rouge » par exemple où est perpétré le crime sordide imaginé par Deslys et Barbara.

Les deux derniers textes témoignent de la vitalité du motif de la conscience criminelle au théâtre et de la fécondité de la réécriture parodique. Les dramaturges de la modernité se sont engouffrés dans la brèche ouverte par le théâtre de Labiche : le spectacle a renoncé à toute ambition purificatrice, moralisante ou édifiante ; les meurtriers, désormais, enferment la conscience dans leur valise, affrontent crânement le fantôme de leurs victimes et, comme Lenglumé et Mistingue, « s'en lavent les mains ».

William SHAKESPEARE (1564-1616)

Macbeth (1606)

(trad. de Jean-Michel Déprats, *Œuvres complètes*, Pléiade)

Des sorcières ont prédit à Macbeth qu'il accéderait au trône. Manipulé par sa femme, il se décide à précipiter l'accomplissement de cet oracle. Pour cela, il assassine Duncan, le roi d'Écosse et s'empare de la couronne. Mais les sorcières ont également prédit que le général de Duncan, Banquo, engendrerait des rois sans accéder lui-même au trône. Macbeth fait tuer son ami Banquo mais échoue à assassiner le fils de ce dernier. En proie au remords, Macbeth croit voir le spectre de Banquo au cours d'un festin. Comme les sorcières lui disent encore de se méfier de Macduff, il organise le meurtre de l'épouse et des enfants de celui-ci.

Au début de l'acte V, Lady Macbeth a perdu la raison. Hantée par le sang qu'elle a fait couler, elle se donnera la mort. Macbeth sera renversé par les troupes levées par le fils de Duncan uni à Macduff. À eux revient la tâche de refonder la civilisation, détruite par ceux qui ont renoncé au « lait de la tendresse humaine ».

Entre Lady Macbeth, portant un chandelier.

LA DAME DE COMPAGNIE : Tenez, la voici. Ce sont ses gestes habituels, et, sur ma vie, dans un profond sommeil : observez-la, restez caché.
LE MÉDECIN : Comment s'est-elle procuré cette lumière ?
LA DAME DE COMPAGNIE : Mais elle l'avait auprès d'elle. Elle a continuellement de la lumière auprès d'elle. Ce sont ses ordres.
LE MÉDECIN : Vous voyez, ses yeux sont ouverts.
LA DAME DE COMPAGNIE : Oui, mais fermés à toute perception.
LE MÉDECIN : Que fait-elle à présent ? Regardez comme elle se frotte les mains.
LA DAME DE COMPAGNIE : C'est un geste constant chez elle d'avoir l'air de se laver les mains : je l'ai vue faire cela sans arrêt un quart d'heure durant.
LADY MACBETH : Pourtant il y a encore une tache.
LE MÉDECIN : Écoutez, elle parle. Je vais noter ce qui lui échappe, pour mieux assurer ma mémoire.
LADY MACBETH : Va-t'en, tache damnée ; va-t'en, te dis-je. Un, deux. Alors, c'est le moment d'agir. L'enfer est ténébreux. Fi, mon seigneur, fi, un soldat, avoir peur ? Pourquoi aurions-nous peur de qui le saurait, quand nul ne peut demander des comptes à notre pouvoir ? Mais qui aurait cru que le vieil homme avait en lui tant de sang ?
LE MÉDECIN : Vous entendez cela ?
LADY MACBETH : Le thane de Fife[1] avait une femme. Où est-elle à présent ? Quoi, ces mains-là ne seront jamais propres ? Assez, mon seigneur, assez : vous allez tout gâter avec ces tressaillements.

1. Il s'agit de Macduff. « Thane » est un vieux titre écossais accordé aux chefs de clan tenant leur autorité du roi.

LE MÉDECIN : Allez, allez. Vous en savez plus que vous ne devriez.

LA DAME DE COMPAGNIE : Elle a parlé plus qu'elle ne devrait, je suis sûre de cela. Le Ciel sait ce qu'elle sait.

LADY MACBETH : Là, il y a encore cette odeur de sang : tous les parfums de l'Arabie ne pourront purifier cette petite main. Oh, oh, oh !

LE MÉDECIN : Quel soupir ! Le cœur est douloureusement chargé.

LA DAME DE COMPAGNIE : Je ne voudrais pas avoir un tel cœur dans la poitrine, pour la dignité du corps tout entier.

LE MÉDECIN : Bien, bien, bien.

LA DAME DE COMPAGNIE : Prions Dieu qu'il en soit ainsi, monsieur.

LE MÉDECIN : Ce mal passe mon savoir. Pourtant j'ai connu des gens qui marchaient dans leur sommeil, et qui sont morts pieusement dans leur lit.

LADY MACBETH : Lavez-vous les mains, mettez votre robe de chambre, n'ayez pas l'air si pâle. Je vous le dis encore. Banquo est enterré ; il ne peut pas sortir de sa tombe.

LE MÉDECIN : C'est donc cela ?

LADY MACBETH : Au lit, au lit. On frappe à la porte. Venez, venez, venez, venez, donnez-moi la main. Ce qui est fait ne peut être défait. Au lit, au lit, au lit.

Sort Lady Macbeth.

(Acte V, scène 1.)

Jean RACINE (1639-1699)

Andromaque (1667)

(Folioplus classiques n° 10)

Dans le palais de Pyrrhus, le fils d'Achille, Hermione attend les noces promises avec le roi. Mais Pyrrhus est amoureux d'Andromaque, son esclave troyenne, fille d'Hector. Il offre à cette dernière le trône et lui promet la vie sauve pour son fils Astyanax. Oreste, envoyé par les Grecs chez Pyrrhus pour lui réclamer cet enfant troyen, est amoureux d'Hermione. Cette dernière, furieuse de se voir trahie et délaissée, incite Oreste à assassiner Pyrrhus. Mais lorsque Oreste vient lui annoncer qu'il a tué l'amant infidèle, Hermione le repousse violemment et court se suicider sur le cadavre de Pyrrhus. Oreste sombre alors dans la folie. Le héros, mélancolique par amour, après avoir cédé à la fureur criminelle, est rattrapé par les Érinyes, déesses de la vengeance. Dans sa préface, Racine rappelle que, selon les prescriptions d'Aristote, les héros de tragédie doivent manifester « une vertu capable de faiblesse » : « qu'ils tombent dans le malheur par quelque faute, qui les fasse plaindre, sans les faire détester ».

ORESTE

Grâce aux Dieux ! Mon malheur passe mon espérance.
Oui, je te loue, ô Ciel ! de ta persévérance.
Appliqué sans relâche au soin de me punir,
Au comble des douleurs tu m'as fait parvenir.
Ta haine a pris plaisir à former ma misère[1] ;
J'étais né pour servir d'exemple à ta colère,
Pour être du malheur un modèle accompli.
Hé bien, je meurs content, et mon sort est rempli.
Où sont ces deux amants ? Pour couronner ma joie,
Dans leur sang, dans le mien, il faut que je me noie ;
L'un et l'autre en mourant je les veux regarder :
Réunissons trois cœurs qui n'ont pu s'accorder.
Mais quelle épaisse nuit tout à coup m'environne ?
De quel côté sortir ? D'où vient que je frissonne ?
Quelle horreur me saisit ? Grâce au Ciel, j'entrevoi.
Dieux ! Quels ruisseaux de sang coulent autour de moi !

1. Mon malheur, mon désespoir.

PYLADE

Ah ! Seigneur !

ORESTE

Quoi, Pyrrhus, je te rencontre encore ?
Trouverai-je partout un rival que j'abhorre ?
Percé de tant de coups, comment t'es-tu sauvé ?
Tiens, tiens, voilà le coup que je t'ai réservé.
Mais que vois-je ? À mes yeux Hermione l'embrasse !
Elle vient l'arracher au coup qui le menace ?
Dieux, quels affreux regards elle jette sur moi !
Quels démons, quels serpents traîne-t-elle après soi ?
Hé bien, filles d'enfer[1], vos mains sont-elles prêtes ?
Pour qui sont ces serpents qui sifflent sur vos têtes ?
À qui destinez-vous l'appareil[2] qui vous suit ?
Venez-vous m'enlever dans l'éternelle nuit ?
Venez, à vos fureurs Oreste s'abandonne.
Mais non, retirez-vous, laissez faire Hermione.
L'ingrate mieux que vous saura me déchirer,
Et je lui porte enfin mon cœur à dévorer.

PYLADE

Il perd le sentiment. Amis, le temps nous presse.
Ménageons[3] les moments que ce transport[4] nous laisse.
Sauvons-le. Nos efforts deviendraient impuissants
S'il reprenait ici sa rage avec ses sens.

(Acte V, scène 5.)

---

1. Les Érinyes, ou Euménides : Alecto, Tisiphoné et Mégère, les divinités de la vengeance qui châtient les crimes, en particulier contre la famille. On les représente avec une chevelure de serpents.
2. L'escorte.
3. Employons utilement.
4. Mouvement violent de l'âme.

Charles DESLYS (1821-1885)
et Charles BARBARA (1822-1886)

Le Pont-Rouge (1858)

(*Magasin théâtral*, Barbré éditeur)

Le mélodrame est, au XIXe *siècle, la tragédie du pauvre ou l'opéra du peuple. Cette pièce à succès, contemporaine de la comédie de Labiche, a été créée au théâtre de la Gaîté, sur le boulevard du Temple rebaptisé « Boulevard du Crime ». Thillard, riche spéculateur véreux, est empoisonné par un ancien ami de collège, Gilbert, un misérable artiste désireux de faire fortune. Avec l'aide de son épouse, ce dernier a jeté le cadavre dans la Seine, sous le « Pont-Rouge », entre Notre-Dame et l'île Saint-Louis. Mais Gilbert et sa femme ne supporteront pas le poids de ce crime sur leur conscience : l'un se livrera à la police, l'autre succombera sous le poids du remords.*

Destiné à un public populaire, le mélodrame use de toutes les ressources du grand spectacle pour exposer les conséquences fatales du meurtre. Le théâtre, relais de l'institution religieuse, sert ainsi un double projet d'édification des masses et de maintien de la paix sociale.

CINQUIÈME TABLEAU. L'INSOMNIE

[…]

GILBERT, *seul* : Où suis-je donc ? où suis-je… chez moi. Je dormais… oui… Pourtant je suis bien certain d'avoir vu… (*Il se lève, va remonter la lampe, regarde une dernière fois et semble un peu soulagé.*) C'était un rêve… un rêve… (*Frissonnant et avec une sourde résolution.*) Je ne dormirai plus, jamais… je demanderai l'insomnie au travail… à un travail acharné. (*Fiévreusement en allant s'asseoir à son bureau.*) C'est cela… travaillons… travaillons… mon sujet est superbe. La volonté… Je prouve que l'homme, vraiment digne de ce nom, peut conquérir assez d'empire sur lui-même pour braver la crainte, le remords, et que fort de sa conscience… (*Écrivant.*) Quand je dis la conscience… c'est quelque chose de bien vague et de bien mobile… Ainsi la conscience du jour n'est pas celle de la nuit. Non… mettons le mot véritable ! la raison… où en étais-je ?… Revoyons un peu… Oh ! je saurai bien contraindre ma pensée à prendre un autre cours. (*Lisant.*) Mort… trois cent mille francs… Le fleuve… Rosalie… Thil… (*S'interrompant tout à coup. Il se retourne brusquement et regarde autour de lui.*) Mais qu'est-ce que j'ai donc écrit là, moi… C'est un aveu, une confession complète… Quoi !… ma main elle-même me trahirait… Je n'écrirai plus… (*Il déchire la feuille et va la jeter avec force dans le feu qu'il ravive.*) Lisons !… Car, je ne veux ni dormir, ni me rappeler… Je ne le veux pas… (*Il prend un journal sur la cheminée.*) Lisons… « Un phénomène étrange vient de se produire en Suède, et démontre, une fois de plus, tout ce que peuvent, sur l'imagination d'une femme enceinte, la terreur et le remords. » (*Rejetant le journal.*) Partout et toujours ce souvenir maudit !… Eh bien soit… je ne lirai plus !… mais je ne veux pas dormir… et pour me tenir éveillé, je compterai les minutes s'il le faut !… Tout cela ne saurait m'effrayer… Il est certain que c'est le résultat du hasard… mais d'un hasard bien obstiné… (*Luttant contre le sommeil.*) Oui… Il est certain, cependant, que si je n'étais pas coupable… tout cela me serait indifférent… et je n'y ferais même pas attention… Ah ! j'ai la fièvre… le frisson…

(*Il rapproche de la cheminée un grand fauteuil, qui tourne tout à fait le dos au public. Dans ce mouvement, s'opère un changement. Gilbert sort par une trappe pour jouer son rôle dans la fantasmagorie. Un acteur, vêtu exactement comme lui, prend sa place dans le fauteuil, qui le cache au public.*)

LA VOIX DE GILBERT : J'ai beau lutter… je tombe de fatigue et de sommeil. (*Il est censé dormir.*)

SIXIÈME TABLEAU. LE FANTÔME

Le fond du théâtre s'ouvre. — L'orchestre joue pianissimo, on le distingue à peine, l'air de La Dame blanche[1]. *— On voit le Pont-Rouge, décor du troisième tableau. — Gilbert descend lentement les derniers degrés de l'escalier. Il se dirige vers le fleuve et regarde l'endroit où précédemment il a jeté le cadavre; après quoi il se retourne et compte avec joie, d'un air de sécurité profonde, une liasse de billets de banque. Au même instant, se retournant de nouveau, il aperçoit le fantôme de Thillard qui sort de l'eau. Gilbert recule en proie à la plus vive épouvante. Il laisse échapper les billets. Thillard le suit et le touche au front. Gilbert tombe anéanti en poussant un cri. — Coup de tam-tam*[2].

(Acte V, scènes 3-4.)

1. Le clou de ce célèbre opéra-comique de Boieldieu (1825) est l'apparition du fantôme de la Dame blanche dans un vieux château écossais.

2. Il s'agit d'un gong, souvent utilisé au théâtre pour les scènes tragiques.

Alfred JARRY (1873-1907)

Ubu cocu (vers 1890, publié en 1944)

(Folio classique n° 980)

Appartenant au deuxième cycle d'Ubu, Ubu cocu *a été créé par les marionnettes du Théâtre des Phynances, chez Alfred Jarry. La scène se passe chez Achras, vieux collectionneur attelé à la rédaction d'un traité sur les polyèdres. Père Ubu, inventeur de la pataphysique, ancien roi de Pologne et d'Aragon, a décidé de s'installer de force, avec toute sa famille, chez Achras. Après avoir exproprié le vieil homme qui crie à l'imposture, Ubu interroge sa conscience.*

PÈRE UBU : Avons-nous raison d'agir ainsi ? Cornegidouille, de par notre chandelle verte, nous allons prendre conseil de notre Conscience. Elle est là, dans cette valise, toute couverte de toiles d'araignée. On voit bien qu'elle ne nous sert pas souvent.

Il ouvre la valise. Sort la Conscience sous les espèces d'un grand bonhomme en chemise.

LA CONSCIENCE : Monsieur, et ainsi de suite, veuillez prendre quelques notes.

PÈRE UBU : Monsieur, pardon ! nous n'aimons point à écrire, quoique nous ne doutions pas que vous ne deviez nous dire des choses fort intéressantes. Et à ce propos je vous demanderai pourquoi vous avez le toupet de paraître devant nous en chemise ?

LA CONSCIENCE : Monsieur, et ainsi de suite, la Conscience, comme la vérité, ne porte habituellement pas de chemise. Si j'en ai arboré une, c'est par respect pour l'auguste assistance.

PÈRE UBU : Ah çà, monsieur ou madame ma Conscience, vous faites bien du tapage. Répondez plutôt à cette question : ferai-je bien de tuer Monsieur Achras, qui a osé venir m'insulter dans ma propre maison ?

LA CONSCIENCE : Monsieur, et ainsi de suite, il est indigne d'un homme civilisé de rendre le mal pour le bien. Monsieur Achras vous a hébergé, Monsieur Achras vous a ouvert ses bras et sa collection de polyèdres, Monsieur Achras, et ainsi de suite, est un fort brave homme, bien inoffensif, ce serait une lâcheté, et ainsi de suite, de tuer un pauvre vieux incapable de se défendre.

PÈRE UBU : Cornegidouille ! Monsieur ma Conscience, êtes-vous sûr qu'il ne puisse se défendre ?

LA CONSCIENCE : Absolument, Monsieur. Aussi serait-il bien lâche de l'assassiner.

PÈRE UBU : Merci, Monsieur, nous n'avons plus besoin de vous. Nous tuerons Monsieur Achras, puisqu'il n'y a pas de danger, et nous vous consulterons plus souvent, car vous savez donner de meilleurs conseils que nous ne l'aurions cru. Dans la valise !

Il la renferme.

LA CONSCIENCE : Dans ce cas, Monsieur, je crois que nous pouvons, et ainsi de suite, en rester là pour aujourd'hui.

(Acte I, scène 4.)

Eugène IONESCO (1912-1994)

Macbett (1972)

(Folio n° 694)

Ionesco se livre à une réécriture de la tragédie de Shakespeare, en qui il voit un ancêtre du théâtre de l'absurde. Selon lui, sa pièce se résume ainsi : « [...] un roi corrompu, vicieux, criminel finit par être tué par un jeune prince pur et beau, que le seul fait d'avoir tué rend à son *tour corrompu, vicieux et criminel» (*Nouvelles littéraires, *24 janvier 1872). Usant des moyens du mélodrame dans une pièce située « entre Shakespeare et Jarry », Ionesco met en scène la paranoïa, attribut essentiel du dictateur. Ici, Macbett offre un banquet à ses généraux et reçoit un visiteur inattendu : Banco, qu'il vient d'assassiner.*

MACBETT : [...] Vous êtes devenus muets. Que celui qui ose penser que je ne suis pas le meilleur de tous les souverains, passés, présents et à venir, se lève et me le dise. Vous n'osez pas ? (*Pause.*) Vous n'osez pas. Le plus juste, le plus grand ? Pauvres types que vous êtes, allez, enivrez-vous.

Le fond du plateau s'éteint. On n'aperçoit plus les tables du fond que l'on voyait en transparence ou dans les miroirs.

Apparaît subitement Banco. Il est dans l'encadrement de la porte à droite au moment où il commence à parler. Il avancera par la suite.

BANCO : Moi, j'ose, Macbett !

MACBETT : Banco !

BANCO : Moi, j'ose te dire que tu es un traître, un fourbe, un tueur.

MACBETT (*reculant devant Banco qui avance*) : Tu n'es donc pas mort ! (*Les quatre convives se sont levés. Macbett reculant encore.*) Banco ! (*Il dégaine à moitié son poignard.*) Banco !

PREMIER CONVIVE (*à Macbett*) : Ce n'est pas Banco, Monseigneur !

MACBETT : C'est lui, je vous le jure.

DEUXIÈME CONVIVE : Ce n'est pas lui, en chair et en os, ce n'est que son spectre.

MACBETT : Son spectre ? (*Il rit.*) En effet, ce n'est qu'un spectre. Ma main passe à travers et je vois derrière son dos. Ainsi, tu es bien mort. Tu ne m'effrayes pas. Que ne puis-je te tuer une deuxième fois. Ta place n'est pas ici.

TROISIÈME CONVIVE : Il vient des Enfers.
MACBETT : Tu viens des Enfers. Tu dois y retourner. Es-tu en ordre ? Montre-moi la permission que l'adjudant de Satan t'a donnée. Es-tu libre jusqu'à minuit ? Prends la place d'honneur à cette table. Malheureux ! Tu ne dois ni boire, ni manger. Assieds-toi, entre mes braves. (*Les convives s'écartent, effrayés.*) Que craignez-vous de sa part ? Entourez-le, plutôt. Donnez-lui l'illusion qu'il existe. Il sera encore plus désespéré quand il retournera dans sa demeure sombre, trop brûlante ou trop humide.
BANCO : Canaille ! Hélas, je ne puis rien faire d'autre que de te maudire.
MACBETT : Tu ne pourras me faire avoir des remords. Si je ne t'avais pas tué, tu m'aurais tué, ainsi que tu l'as fait avec Duncan. N'as-tu pas enfoncé le premier le poignard dans son cœur ? Je voulais te faire grand vizir, tu voulais prendre ma place.
BANCO : Comme tu as pris la place de Duncan, qui t'avait fait deux fois baron.
MACBETT (*aux convives*) : Ne tremblez-pas, vous autres. Qu'est-ce que vous avez donc ? Dire que j'ai choisi mes généraux parmi des pleutres !
BANCO : J'ai eu confiance en toi, je t'ai suivi et puis c'est toi et tes sorcières qui m'avez envoûté.
MACBETT : Tu voulais substituer ta postérité à la mienne. Tu es bien avancé. Tous tes fils, tes petits-fils, tes petits-petits-fils sont morts dans ton sperme avant de naître. Et pourquoi m'appelles-tu canaille ? J'ai pris les devants, j'ai fait plus vite.
BANCO : Tu auras des surprises, Macbett. Tu ne t'en doutes pas. Tu paieras.
MACBETT : Il me fait rire. Je dis *il*, en réalité ce ne sont là que quelques restes, quelques déchets de son ancienne personne… des résidus, un automate.

Banco disparaît.
(Tableau 13.)

Chronologie

Eugène Labiche et son temps

1.

Une jeunesse romantique (1815-1837)

Eugène Labiche naît à Paris, rue de la Verrerie, le 6 mai 1815. Son enfance se passe à Rueil où son père a fondé une usine de fabrication de sirop et glucose de fécule. Sa scolarité se déroule à Paris, au collège Bourbon (l'actuel lycée Concorcet) puis à la pension Labbé, rue du Faubourg-Saint-Honoré. Après avoir été reçu bachelier en 1833, année du décès de sa mère, il part avec trois compagnons faire son tour d'Italie et de Sicile (avec retour par la Suisse). Il note ses impressions dans son *Voyage en Italie. Journal de mon voyage 1834*, première composition d'un jeune homme de dix-neuf ans. Aux dernières lignes de son journal, Labiche note : « Je refais connaissance avec mon Paris. J'aime Paris. » Cette déclaration d'amour ne l'empêchera pas d'entamer de nouveaux voyages en 1836 et 1837, mais c'est dans les milieux journalistiques et littéraires parisiens que le jeune étudiant en droit, admirateur du drame romantique, tente de se frayer une voie. Il publie des nouvelles, des essais, des comptes rendus dramatiques dans plusieurs revues dont la *Revue du théâtre*, où il fait paraître en 1837 un roman de seize chapitres écrit « à huit mains » (huit auteurs), *Le Bec dans l'eau.* Cette année est aussi celle de son premier essai à la scène, *La Cuvette d'eau*, pièce qui n'a guère laissé de traces.

1815	Bataille de Waterloo (18 juin). Début de la seconde Restauration (Louis XVIII).
1815	Premier succès d'Eugène Scribe au Vaudeville (*Une nuit de la garde nationale*).
1820	Inauguration du théâtre du Gymnase-Dramatique. Scribe auteur privilégié.
1825	Sacre de Charles X à Reims. Triomphe de *La Dame blanche* de Scribe et Boieldieu à l'Opéra-Comique.
1830	Première d'*Hernani* de Victor Hugo à la Comédie-Française (25 février). Les « Trois Glorieuses », journées révolutionnaires (27-29 juillet). Louis-Philippe, roi des Français. Début de la monarchie de Juillet.
1831	Inauguration du théâtre du Palais-Royal (ancien théâtre Montansier).
1834	Émeutes à Paris et en province. Répression des mouvements ouvriers et républicains.
1835	*Chatterton* de Vigny à la Comédie-Française : Labiche en sort « tout palpitant ».

2.

Du vaudeville à la politique (1837-1852)

Labiche s'associe provisoirement par un contrat d'exclusivité avec deux collaborateurs, Marc-Michel et Auguste Lefranc ; tous trois signent du pseudonyme collectif Paul Dandré. Le trio hésite entre la comédie-vaudeville (*Monsieur de Coyllin* au théâtre du Palais-Royal) et le drame (*La Forge des Châtaigniers* au théâtre Saint-Marcel). Le vaudeville l'emporte vite en 1839, au moment où Labiche s'essaie aussi à l'écriture d'un roman partiellement autobiographique, *La Clef des champs*. L'année suivante, Labiche donne sa deuxième pièce au théâtre du Palais-Royal, *Le Lierre et l'Ormeau* ; c'est à ce théâtre qu'il demeurera le plus fidèlement attaché : jusqu'en 1877, il y créera quatre-vingt-dix-sept de ses cent soixante-treize pièces. 1841 est une des très rares années de la vie de Labiche où l'auteur ne donne aucune pièce nouvelle : après un voyage en Hollande, il fonde avec Lefranc et Nadar un journal éphémère, consacré aux cancans des coulisses : *Les Papillotes*. Son mariage avec Adèle Hubert en avril 1842 l'éloigne encore des théâtres, et le jeune marié songe sérieusement à abandonner le vaudeville. Mais *L'Homme de paille* en 1843 et surtout *Le Major Cravachon* en 1844 au Palais-Royal, tous deux avec Lefranc comme collaborateur, installent définitivement Labiche au panthéon des vaudevillistes. C'est la fin de la période des tâtonnements. La production, pour le Palais-Royal, le Gymnase ou les Folies-Dramatiques, s'accélère.

La révolution de 1848 amène Labiche à la politique : il est candidat républicain à Rueil pour les élections à l'Assemblée constituante (23-24 avril). Le républicanisme de Labiche est très modéré, et sa proclamation de campagne dénonce les lois sociales votées par le gouvernement provisoire, au détriment de la liberté d'entreprendre. Largement battu, il se contente d'accompagner la IIe République par ses pièces de plus en plus ouvertement antirépublicaines et antidémocrates, notamment : *Le Club Champenois, Oscar XXVIII, À bas la famille ou les Banquets, Exposition des produits de la République, Rue de l'homme armé nº 8 bis.* À l'élection présidentielle de décembre 1848, il soutient le général Cavaignac, qui a réprimé les insurrections populaires et lui semble un rempart contre les « rouges ». Trois ans plus tard, il approuvera le coup d'État de Louis-Napoléon Bonaparte. Cette évolution politique suit la consécration de son talent d'auteur. La reconnaissance lui est désormais acquise dans le monde théâtral : en 1849, Labiche est élu membre de la commission de la Société des Auteurs et Compositeurs Dramatiques, en qualité d'archiviste. Le 14 août 1851, la création au Palais-Royal d'*Un chapeau de paille d'Italie,* comédie en cinq actes mêlée de couplets (en collaboration avec Marc-Michel) inaugure la grande époque de Labiche, bientôt confondue avec le Second Empire.

1838	Création de *Ruy Blas* de Victor Hugo au théâtre de la Renaissance.
1840	Première du *Verre d'eau* de Scribe à la Comédie-Française.
1842	Début des *Mystères de Paris* d'Eugène Sue dans le *Journal des débats.*

1843	Échec du drame *Les Burgraves* de Victor Hugo à la Comédie-Française. Triomphe de la tragédie néo-classique à l'Odéon : *Lucrèce* de Ponsard.
1848	Journées révolutionnaires (22-24 février). Abdication de Louis-Philippe. Proclamation de la IIe République (25 février). Émeutes populaires (23-26 juin), réprimées par le général Cavaignac. Louis-Napoléon Bonaparte président de la République (10 décembre).
1851	Coup d'État de Louis-Napoléon Bonaparte (2 décembre).
1852	Louis-Napoléon Bonaparte empereur (Napoléon III). Début du Second Empire.

3.

Le maître du vaudeville sous le Second Empire (1852-1871)

L'année 1852 voit Labiche et ses collaborateurs atteindre un sommet dans leur production théâtrale : pas moins de onze nouvelles pièces sont créées, dont huit au Palais-Royal. L'activité dramatique, avec ses droits d'auteur, est suffisamment lucrative pour permettre à Labiche d'acheter l'année suivante le château de Launoy à Souvigny, en Loir-et-Cher. Il partage désormais sa vie entre ses neuf cents hectares de terres en Sologne et les théâtres de Paris où il continue d'enchaîner les succès. Nouvelle consécration professionnelle : en 1856, Labiche est élu vice-président de la commission de la Société des Auteurs et Compositeurs Dramatiques. Nouveau bonheur familial : son fils unique, André-Marin, naît cette même année. Signe d'une fécondité théâtrale intacte, *L'Affaire de la rue de Lourcine*, le 26 mars 1857, est la cinquante-sixième pièce donnée par Labiche au théâtre du Palais-Royal. Elle se situe au milieu de la carrière dramatique de Labiche, commencée en 1837 et achevée en 1877.

Si la comédie-vaudeville demeure son genre privilégié, le dramaturge cherche désormais à diversifier sa création. Il s'essaie à l'opérette avec *L'Omelette à la Follembuche* au théâtre des Bouffes-Parisiens en 1859 (en collaboration avec Marc-Michel, musique de Léo Delibes). Il écrit avec Alfred Delacour trois livrets d'opéra-comique : *Le Voyage en Chine* (musique de François Bazin, 1865), *Le Fils du brigadier* (musique de Victor Massé, 1867), *Le Corricolo* (musique de Fernand Poise, 1868). Alors que *Le Voyage de Monsieur Perrichon* au Gymnase (10 septembre 1860), *Célimare, le bien-aimé* (27 février 1863) et *La Cagnotte* au Palais-Royal (22 février 1864) constituent trois chefs-d'œuvre de grande comédie au milieu d'une production vaudevillesque toujours soutenue, Labiche désire s'élever encore dans la hiérarchie esthétique des genres dramatiques. Lui qui a été fait chevalier de la Légion d'honneur le 15 août 1861 souhaite depuis quelques années voir son nom sur l'affiche de la Comédie-Française. Il met en chantier une pièce, en collaboration avec Édouard Martin : *Moi*, comédie à laquelle il travaille pendant deux années. Cette comédie en trois actes est finalement créée le 21 mars 1864 ; elle sera jouée quarante-quatre fois jusqu'en 1868 : c'est un faible succès. À la fin de l'année 1864, une autre pièce présentée au comité de lecture de la Comédie-Française est refusée ; elle ne sera reçue et jouée que douze ans plus tard, le 22 mai 1876, sous le titre *La Cigale chez les fourmis.* Ce sont les deux seules créations de Labiche au Théâtre-Français.

Aussi est-ce au Palais-Royal et dans une moindre mesure au Gymnase, au Vaudeville, aux Variétés et aux Bouffes-Parisiens que Labiche continue de donner ses comédies et comédies-vaudevilles. De nouveaux collaborateurs apparaissent à côté de son nom, tels Théodore Barrière (*Le Papa du prix d'honneur,* 1868), Edmond Gondinet (*Le Plus Heureux des trois,* 1870), Alfred Duru (*Doit-on le dire ?,* 1872 ; *Madame est trop belle,* 1874 ; *Les Samedis de Madame,* 1874 ; *La Clé,* 1877), Albéric Second (*Un mouton à l'entresol,* 1875), Émile Augier (*Le Prix Martin,* 1876) ou Ernest Legouvé (*La Cigale chez les fourmis,* 1876). Labiche demeure de plus en plus souvent dans sa propriété de Souvigny, où il est élu conseiller municipal en 1865, puis maire en 1868. Ses positions politiques font résolument de Labiche un homme d'ordre, profondément pessimiste et conservateur. Sa comédie *Le Roi d'Amatibou,* écrite avec Edmond Cottinet sur une musique d'Hervé (Palais-Royal, 27 novembre 1868), est jugée par trop réactionnaire ; elle ne sera pas imprimée. Pendant l'occupation prussienne de l'automne 1870, Labiche reste à Souvigny au milieu de ses administrés. Il n'aura pas de mots assez durs, dans sa correspondance, pour condamner le gouvernement révolutionnaire de la Commune de Paris : « J'espère que cette cruelle expérience aura pour résultat de guérir la France à tout jamais de sa tendresse stupide pour le prolétariat » (lettre à Alphonse Leveaux du 20 mai 1871).

1853	Haussmann nommé préfet de la Seine. Début de la transformation urbanistique de Paris.
1855	Exposition universelle à Paris.
1857	Parution de *Madame Bovary* de Flaubert, des *Fleurs du Mal* de Baudelaire (procès pour immoralité). Manifeste de Champfleury : *Le Réalisme.*
1858	Attentat manqué d'Orsini contre Napoléon III et loi de Sûreté générale (renforcement de la répression politique).
1859	Naissance de Rocambole, héros de roman-feuilleton créé par Ponson du Terrail.
1866	*L'Affaire Lerouge*, premier roman policier de Gaboriau.
1867	Exposition universelle à Paris.
1870	Déclaration de guerre à la Prusse (19 juillet). Désastre de Sedan (2 septembre). Napoléon III prisonnier. Proclamation de la République (4 septembre).
1871	Armistice franco-prussien (28 janvier). Début de la Commune de Paris (mars). « Semaine sanglante » de répression (21-29 mai).

4.

Sortie de scène (1871-1888)

À partir de 1874, Labiche songe à abandonner sa carrière dramatique : « le vent du succès n'est plus à la comédie, l'opérette emporte tout. La presse n'a d'éloges et de miel que pour ce genre inférieur qui est la décadence de l'art dramatique », écrit

Labiche à son ami Leveaux le 30 novembre. Il a pourtant pensé collaborer avec Jacques Offenbach pour la mise en musique de sa comédie, *Les Trente Millions de Gladiator.* Avant l'échec de *La Clé,* sa dernière pièce (Palais-Royal, 5 janvier 1877), Labiche crée encore onze ouvrages, dont *Le Prix Martin* avec Augier au Palais-Royal. En 1878, commence à paraître chez Calmann-Lévy l'édition de son *Théâtre complet,* qui ne réunit en fait que cinquante-sept pièces, précédées d'une préface d'Augier. Le 2 mai 1879, la reprise du *Voyage de Monsieur Perrichon* à l'Odéon est un triomphe, avec cent cinquante-cinq représentations jusqu'à la fin de l'année. D'autres reprises de ses pièces ont lieu régulièrement dans les théâtres parisiens. Mais Labiche ne quitte plus la Sologne que pour les séances à l'Académie française, où il a été élu le 26 février 1880. Il meurt à Paris, dans son appartement de la rue Caumartin, le 22 janvier 1888.

Références biographiques

G. P. LABICHE, *Eugène Labiche, 1815-1888, sa vie, son œuvre,* Jouve, 1938.

Emmanuel HAYMANN, *Labiche ou l'Esprit du Second Empire,* Olivier Orban, 1988.

On trouvera une chronologie détaillée de la vie et des œuvres de Labiche, ainsi que des extraits de sa correspondance, dans l'indispensable édition des *Œuvres complètes* de Labiche par Gilbert SIGAUX, Club de l'Honnête Homme, 1966-1968 (8 vol.).

Voir aussi la très riche édition du *Théâtre* de Labiche par Jacques ROBICHEZ, Robert Laffont, coll. « Bouquins », 1991 (2 vol.).

Éléments pour une fiche de lecture

Regarder le tableau

- Tentez de compter le nombre des personnages représentés. Y a-t-il plus d'hommes que de femmes ? Qui semble regarder le peintre ?
- La palette du peintre : foncée ou claire ? Pourquoi ? Repérez les taches blanches et dites ce qu'elles représentent.
- Quels sont les lieux peints ? Diriez-vous de ce tableau qu'il est réaliste ? Justifiez votre réponse.

Les personnages

- Vous réfléchirez à la valeur sonore ou aux connotations des noms de Mistingue, Potard et Frottemouillard. Quel est selon vous le degré de réalité de ces personnages ?
- Le rôle de Justin se limite-t-il à l'emploi traditionnel du valet de comédie ? Justifiez votre réponse.
- Montrez que le quiproquo sur lequel est fondé la comédie sert à faire tomber le masque social et moral de chaque personnage.

La composition dramatique

- Combien Labiche utilise-t-il de péripéties (retournements inattendus de situation), dans l'acte unique de sa comédie ? Montrez sous forme de tableau, scène par scène, l'alternance d'angoisse et d'euphorie qui anime les deux personnages principaux.

L'espace

- Quels sont les espaces domestiques maintenus hors scène ? Que se passe-t-il derrière les quatre portes fermant le décor ? Montrez que le « hors scène » est un lieu transgressif et inquiétant.
- Le lit de Lenglumé scinde la scène en deux espaces de jeu : que peut signifier cette théâtralisation de l'alcôve ?
- Un metteur en scène peut-il selon vous faire jouer cette pièce dans un espace abstrait, entre trois murs et quatre portes ? Justifiez votre réponse.

Le temps

- Par quels signes verbaux ou non verbaux le déroulement temporel de l'intrigue est-il figuré ?
- Par quels détails, dans les dialogues ou les didascalies, Labiche fait-il référence à l'époque contemporaine de la création de la pièce ?
- D'après votre lecture de la pièce, quel rapport au temps et à l'histoire la bourgeoisie du Second Empire entretient-elle ?

Les objets

- Établissez la liste des accessoires nécessaires à la représentation de la pièce. Vous classerez ces objets scéniques selon qu'ils sont mimétiques, fonctionnels, ludiques et/ou symboliques.
- Montrez que certains personnages sont identifiés à un objet à valeur métonymique. Que signifie cette identification ?

Le langage comique

- Relevez dans la pièce trois exemples de comique de répétition.
- Montrez grâce à quelques exemples bien choisis que Lenglumé utilise tous les registres de langue, du plus familier au plus soutenu.
- Cherchez, dans les paroles de Lenglumé, un exemple d'aphorisme (sentence) absurde.

L'intertexte

- Des jeux d'échos et de réécriture lient les comédies de Labiche entre elles. Vous comparerez *L'Affaire de la rue de Lourcine* au *Mystère de la rue Rousselet* (1861). En quoi l'imaginaire du crime fonde-t-il différemment l'intrigue de ces deux pièces ?

Lectures complémentaires

- Vous préparerez un exposé sur la naissance du roman policier, contemporaine de la pièce de Labiche. Vous vous attacherez particulièrement à la diffusion en France des œuvres d'Edgar Poe et au succès des romans-feuilletons d'Émile Gaboriau.

Sujet de réflexion

- « Au fond il [Labiche] ne veut pas savoir s'il y a de la boue et des crimes ; il trouve avant tout qu'il y a du rire. Les hommes deviennent des marionnettes très comiques. En somme ni moraliste, ni philosophe. Un rieur, rien de plus » : que pensez-vous de ce jugement d'Émile Zola dans un article de 1878, repris dans *Nos auteurs dramatiques* (1881) ?

Lycée

Série Classiques

Écrire sur la peinture (anthologie) (68)
La poésie baroque (anthologie) (14)
Le sonnet (anthologie) (46)
Honoré de BALZAC, *La Peau de chagrin* (11)
René BARJAVEL, *Ravage* (95)
Charles BAUDELAIRE, *Les Fleurs du mal* (17)
Albert CAMUS, *L'Étranger* (40)
Louis-Ferdinand CÉLINE, *Voyage au bout de la nuit* (60)
René CHAR, *Feuillets d'Hypnos* (99)
Albert COHEN, *Le Livre de ma mère* (45)
Benjamin CONSTANT, *Adolphe* (92)
Pierre CORNEILLE, *Le Menteur* (57)
Marguerite DURAS, *Un barrage contre le Pacifique* (51)
Annie ERNAUX, *La place* (61)
Gustave FLAUBERT, *Madame Bovary* (33)
Ernest HEMINGWAY, *Le vieil homme et la mer* (63)
Eugène IONESCO, *Rhinocéros* (73)
Sébastien JAPRISOT, *Un long dimanche de fiançailles* (27)
Charles JULIET, *Lambeaux* (48)
Pierre Choderlos de LACLOS, *Les Liaisons dangereuses* (5)
Jean de LA BRUYÈRE, *Les Caractères* (24)
Madame de LAFAYETTE, *La Princesse de Clèves* (39)
MARIVAUX, *La Fausse Suivante* (75)
MARIVAUX, *L'Île des esclaves* (19)
Guy de MAUPASSANT, *Le Horla* (1)
Guy de MAUPASSANT, *Pierre et Jean* (43)
MOLIÈRE, *L'École des femmes* (25)
MOLIÈRE, *Le Tartuffe* (35)
MOLIÈRE, *L'Impromptu de Versailles* (58)
MONTESQUIEU, *Lettres persanes* (56)
Alfred de MUSSET, *Lorenzaccio* (8)

DANS LA MÊME COLLECTION

George ORWELL, *La Ferme des animaux* (94)
OVIDE, *Les Métamorphoses* (55)
Pierre PÉJU, *La Petite Chartreuse* (76)
Luigi PIRANDELLO, *Six personnages en quête d'auteur* (71)
Raymond QUENEAU, *Zazie dans le métro* (62)
François RABELAIS, *Gargantua* (21)
Jean RACINE, *Andromaque* (10)
Jean RACINE, *Britannicus* (23)
Rainer Maria RILKE, *Lettres à un jeune poète* (59)
Edmond ROSTAND, *Cyrano de Bergerac* (70)
SAINT-SIMON, *Mémoires* (64)
Nathalie SARRAUTE, *Enfance* (28)
William SHAKESPEARE, *Hamlet* (54)
SOPHOCLE, *Antigone* (93)
STENDHAL, *La Chartreuse de Parme* (74)
Vincent VAN GOGH, *Lettres à Théo* (52)
VOLTAIRE, *Candide* (7)
VOLTAIRE, *L'Ingénu* (31)
VOLTAIRE, *Micromégas* (69)
Émile ZOLA, *Thérèse Raquin* (16)

Série Philosophie

Hannah ARENDT, *La Crise de l'éducation* extrait de *La Crise de la culture* (89)
ARISTOTE, *Invitation à la philosophie (Protreptique)* (85)
Saint AUGUSTIN, *Confessions*, livre XI – « La création du monde et le temps » (88)
René DESCARTES, *Méditations métaphysiques* – « 1, 2 et 3 » (77)
Michel FOUCAULT, *Droit de mort et pouvoir sur la vie*, extrait de *La Volonté de savoir* (79)
Sigmund FREUD, *Sur le rêve* (90)
Emmanuel KANT, *Des principes de la raison pure pratique*, extrait de *Critique de la raison pratique* (87)

DANS LA MÊME COLLECTION

Nicolas MALEBRANCHE, *La Recherche de la vérité* – « De l'imagination, 2 et 3 » (81)

Maurice MERLEAU-PONTY, *L'Œil et l'Esprit* (84)

Friedrich NIETZSCHE, *La « faute », la « mauvaise conscience » et ce qui leur ressemble (Deuxième dissertation)*, extrait de *La Généalogie de la morale* (86)

Blaise PASCAL, *Trois discours sur la condition des Grands* et six liasses extraites des *Pensées* (83)

PLATON, *La République* – « Livres 6 et 7 » (78)

Jean-Jacques ROUSSEAU, *Discours sur l'origine et les fondements de l'inégalité parmi les hommes* (82)

Baruch SPINOZA, *Lettres sur le mal* – « Correspondance avec Blyenbergh » (80)

Pour plus d'informations,
consultez le catalogue à l'adresse suivante :
http ://www.gallimard.fr

Composition Interligne
Impression Novoprint
à Barcelone, le 02 mars 2007
Dépôt légal : mars 2007
ISBN 978-2-07-034380-5/Imprimé en Espagne.

148532